El Secreto de la Luna

AF669889

Aldivan Torres

El Secreto de la Luna

Autor: Aldivan Torres

Una nueva oportunidad: Segunda parte

Aldivan Torres, El Vidente, es un escritor bien establecido en varios géneros. Hasta la fecha, los títulos se han publicado en nueve idiomas. Desde temprana edad, siempre ha sido un amante del arte de la escritura, habiendo consolidado una carrera profesional en el segundo semestre de 2013. Espera con sus escritos contribuir a la cultura brasileña, despertando el placer de la lectura en aquellos que aún no tienen el hábito. Su misión es ganarse el corazón de cada uno de sus lectores. Además de la literatura, sus principales gustos son la música, los viajes, los amigos, la familia y el placer de vivir. "Por la literatura, la igualdad, la fraternidad, la justicia, la dignidad y el honor del ser humano siempre" es su lema.

El secreto de la luna

"El momento que he estado esperando durante tanto tiempo en mi vida ha llegado. Por favor, sígueme", dijo el expectante Bartolomé.

Los demás se miraron sin entender lo que estaba sucediendo, pero la curiosidad por lo que significaba era mayor. El trío se movió, siguiendo al líder del grupo a lo largo de un sendero que se dirigía hacia el norte a través de la espesura. Por ser el sendero bastante estrecho, se enfrentan a obstáculos naturales como garabatos, espinas y piedras afiladas. ¿Valdría la pena todo este esfuerzo? Al final del viaje, lo esperaban.

El espectáculo del entorno es deslumbrante. Caminando un poco más lejos, ven cadenas montañosas, vegetación más delgada y llanuras abiertas. Era un santuario de la naturaleza considerado uno de los más bellos del mundo. Aliado a la buena voluntad de los aventureros, se convirtió en un lugar perfecto para nuevos descubrimientos.

Siguen avanzando rápido y en silencio. Sin darse cuenta, ya habían caminado casi un kilómetro. Algunos de ellos se sienten cansados, el sudor se agota y el sol se calienta. Aun así, nadie se queja. El mensaje para dar debe ser crítico.

Caminan otros quinientos metros en la misma dirección y encuentran un lugar definitivamente peculiar. En medio del bosque hay un altar, una cruz y al final de un cañón una pequeña cueva. Es en este momento que se rompe el silencio.

"Este es el lugar sagrado de la Diosa, madre de todos. Era mi abuela quien enseñaba. Era sabia, misteriosa y experimentada. Un día, a punto de morir, me reveló este lugar y me mostró un secreto. Nunca se lo conté a nadie. Creo que ha llegado el momento. (Bartolomé)

Dicho esto, se paró de espaldas a la cueva, recogió la cruz y al acercarse al altar, cayó de rodillas. Pronunciando una oración en un idioma extranjero y entrando en éxtasis, hizo que el cielo se oscureciera, la tierra temblara, la luna apareciera y dentro de su globo los espectadores pudieran ver un poco de la película psicográfica de la familia. Era un linaje genuino de hechiceros del sur de Europa incomprendido en la época de la Inquisición católica. La mayoría eran inofensivos pero debido a su extraño comportamiento y subversión las leyes vigentes en ese momento fueron condenadas a perecer en la hoguera, en una de las mayores masacres religiosas jamás vistas. Aquellos que lograron escapar permanecieron en el anonimato, transmitiendo sus conocimientos de generación en generación. Con el descubrimiento de América del Sur, se mudaron aquí y continuaron en silencio. El último remanente de la familia había sido Estrella Fernández, la abuela de Bartolomé. El ejercicio presentado tenía el objetivo de despertar a otros a esta realidad y quizás querer saber más sobre el tema.

Con el final de la película, las cosas vuelven a la normalidad: el sol y las nubes reaparecen y el líder del equipo parece estar más tranquilo. Se une a los demás con una sonrisa. La conversación comienza inevitablemente.

"Estoy sorprendido. No me imaginaba que de mi sangre tenía una Wicca. Esto explica el don que tengo y mi curiosidad por la religión en general.

"De nada. Sentí que era mi obligación transmitirte esto. (Bartolomé)

"Me sorprende que sea católico. Pero de ninguna manera este hecho disminuye mi amor por ti. (Luisa)

"Lo sé. Por eso me arriesgué. Tu alma tolerante es una gran bendición, mujer. (Bartolomé)

"Gracias. (Luisa)

"Mi admiración solo aumentó con tu actitud, Bartolomé. No tengo nada en contra de ninguna creencia o dirección. Analizo los valores y el corazón de una persona. Si añades, digamos que es algo bueno. (Roberto)

"Me siento halagado por tus palabras. Muchas gracias por gustarle a mi hija y hacerla feliz. (Bartolomé)

"Gracias por aceptarme como yerno. (Roberto)

"Todo está bien, pero se está haciendo tarde. Todavía nos queda mucho por hacer. ¿Qué tal si volvemos a casa? (Beatriz)

"Gran idea. ¿Estás bien? (Bartolomé)

"Para mí, está bien. (Roberto)

"Para mí también. (Luisa)

El grupo comienza su camino de regreso por el mismo sendero. Con cada paso dado, vuelven a visitar los lugares por los que han pasado. La situación ahora es diferente porque habían adquirido un poco de conocimiento y se había revelado un secreto. En consecuencia, miraron la relación familiar con otra visión. En ese momento, estaban más unidos que nunca.

Al superar los quinientos metros, se dan cuenta de lo lejos que han llegado en todos los sentidos. El cansancio pesa mucho, pero con solo saber que habían superado límites, miedo, ignorancia y prejuicios estaban satisfechos y felices. Fue el primer paso para lograr el éxito y el placer en lo que estaban haciendo.

En el siguiente kilómetro hacen paradas estratégicas, se hidratan, juegan, se divierten y hacen planes interiores para el futuro. El hombre es así; lleva dentro de sí el estado de eternidad a pesar de que sabe que aquí es solo un pasaje y que todo puede cambiar en la magia de un momento feliz o infeliz. Estamos sujetos a cualquier cosa en este mundo.

A medida que pasan por el sitio de picnic, obtienen un buen sabor de los hermosos momentos vividos. Fue uno de los primeros eventos oficiales de esa clase estrictamente familiar. Toda la desconfianza desapareció en cuestión de segundos cuando conocieron mejor la naturaleza de ese caballero que prometió amar y respetar a la hechicera más querida en sus corazones. Esperaban no estar equivocados.

Todavía estaban lejos del objetivo final, y promueven una parada para que sus necesidades fisiológicas sean satisfechas. Lo hacen por separado en el bosque a un lado. A pesar del misticismo que rodeaba a algunos de ellos, eran mortales como todos los demás y necesitaban satisfacer sus necesidades. Esto los acercó a la humanidad común. Al final de esta operación, se encuentran de nuevo y continúan su viaje. Un poco más tarde, completan otro kilómetro de la ruta.

Tratan de reunir combustible extra, para poder soportar una caminata tan larga. Recuerdan desafíos anteriores, la confianza que tenían en ellos, amigos, seres espirituales, Dios, los malos hechos que fueron superados y los misterios aún por descubrir. El encuentro entre ellos y el conjunto de argumentos citados reforzó el ánimo y el optimismo en general en las cosas. Valdría la pena perseguir tus sueños. Cierto de eso, cubren otro kilómetro.

La última parte del viaje sería la más difícil y la más emocionante también porque todavía tienen tiempo para disfrutar mejor del domingo. ¿Qué les esperaba? ¿Cómo afrontarían el otro día después de las experiencias? Después de todo, ¿qué quedaba de su espíritu aventurero? Y el miedo, la vergüenza y el estatus personal frente a los demás, ¿cómo sería? Todas estas preguntas flotaban en sus mentes ante la ya cierta actitud de asumir la relación, buscando saber más sobre el destino y los próximos pasos en sus vidas. Sin embargo, era necesario sobre todo tomar riesgos sin pensar en las consecuencias.

Todavía un poco confundidos, siguen avanzando hasta llegar a la casa de regreso. Al llegar a casa, se encargarán de algunas tareas domésticas. Y relájate un poco. Todavía era temprano y tendrían que aprovechar al máximo el día.

Visitar

Después de completar las tareas domésticas, he aquí, el cuarteto se reúne en la sala de estar y descansa cómodamente. De vez en cuando, surge una conversación con el objetivo de distraerse sobre los temas más diversos. Esto aumentó la integración de aquellos que ya eran considerados un grupo familiar.

Hasta que un golpe en la puerta rompe este estado de ánimo y uno de ellos, al levantar y abrir el obstáculo de entrada, trae una gran sorpresa para todos. Ante ellos estaba nada menos que Raquel y su familia. Un breve momento de vacilación fue seguido por saludos y largos abrazos entre los miembros. Arreglando más sillas en la habitación, se acomodaron y comenzó una conversación importante.

"¡Es un placer tenerte con nosotros una vez más! ¡Hace cuánto tiempo! (Beatriz)

"También, para nosotros querido amigo. ¡Fue Dios quien nos reunió de nuevo, aunque solo fuera por un momento! (Raquel)

"¿A qué le debemos la ilustre visita? (Bartolomé)

"Estamos de vacaciones y ¿qué mejor oportunidad que esta para visitar amigos? (Andrade, el padre de Raquel)

"Cuando nos enteramos de que estaban en el pueblo, inmediatamente nos dirigimos aquí. (Eliene, madre de Raquel)

"Excelente. Es bueno estar aquí. (Bartolomé)

"Así es como nos ponemos al día con las conversaciones. (Luisa)

"Estoy feliz con esta reunión única. (Roberto)

"¿Cómo es la vida en Sao Paulo? (Beatriz)

"Es excelente. Mis padres se jubilaron, me casé y formamos una gran familia. No tengo nada de qué quejarme. (Raquel)

"¿Por qué tu esposo no vino también a la gira? (Luisa)

"Por razones personales no puede venir. (Explica Raquel)

"Correcto. (Luisa)

"Al principio el cambio no fue fácil. La vida en Sao Paulo es fundamentalmente diferente de la realidad que imaginamos. Poco a poco, ganamos experiencia y control sobre nuestras acciones. El resultado de nuestros esfuerzos es que hemos logrado la tan deseada estabilidad en todos los sentidos. (Andrade)

"Algo similar nos pasó. También nos mudamos a otra ciudad con una situación diferente a la de nuestro municipio. Realmente todo es cuestión de tiempo y en este momento estamos bien adaptados. (Bartolomé)

"También fui a una capital y digamos que la vida nos enseña. (Beatriz)

"Los cambios predisponen al coraje, la planificación y la estrategia. (Roberto)

"Lo que nunca cambia es el amor a nuestra tierra y la amistad que une a nuestras dos familias. (Eliene)

"Cierto. Nunca te olvidé en mis oraciones y mis pensamientos. Esto se llama empatía. (Beatriz)

"Bueno, te daré nuestro contacto telefónico. Siempre que pueda, llame y estaremos disponibles para hablar y ayudarlos en tiempos difíciles. (Raquel)

"¿Ya tienes que irte? (Luisa)

"Sí. Tenemos una cita en otro lugar. (Raquel)

"Lástima por tener que ir y un regalo por aparecer. (Luisa)

"Nunca olvidaremos ese día. (Bartolomé)

"Nosotros tampoco. Fue una bendición. (Andrade)

"Adiós y gracias a todos. (Eliene)

"Adiós. (Familia Rosembar)

Se levantan y, acompañados por los anfitriones, superan el obstáculo de entrada y salida de la casa. Saludan mientras entran en el poderoso escarabajo azul afuera. A medida que comienzan, se alejan cada vez más, dejándonos a otros que tienen un sabor de anhelo bueno. ¡Hasta la próxima reunión, si Dios quiere!

La siguiente actividad para nuestros amigos es salir y visitar a otros conocidos en el pueblo en un pasaje rápido a su casa. Este ejercicio es bueno para sus corazones. Al cabo de dos horas termina el recorrido, dejando una sensación de compromiso, alivio, paz y felicidad que compensó todos los esfuerzos. El domingo había sido realmente bendecido.

Ahora, comienzan a hacer las maletas con vistas al viaje de regreso. Todos cooperan entre sí, lo que hace que el trabajo se agilice. Con todo listo, cierran la casa, se suben al coche y parten por la misma carretera, pero en sentido contrario al viaje anterior. ¡Finalmente estaban de camino a casa!

De vuelta a casa

El inicio del nuevo viaje trae a nuestros augustos personajes una especie de felicidad indescriptible y emocional en la que todos los sentimientos estaban bajo la piel. Por un lado, se sentían realizados y convencidos de que esta era la forma natural de las cosas y, por otro lado, permanecían confundidos por la inestabilidad del futuro. ¿Quién no se siente así en parte o en toda su vida? Por un lado, bombardeados por la arrogancia de los jefes y el mundo en conflicto con su deseo de vivir y ganar. Hay que tener mucha fe en estos momentos y eso es lo que empezó a pisar ese grupo más o menos experimentado.

Al entender esto, entendieron la esencia de la Wicca, creyendo en la buena magia y aplicándola a buenas situaciones. Este lado del conocimiento debido a su descendencia podría revelarse en cualquier momento y este momento podría ser bueno o malo. El destino estaba siendo establecido.

Mientras tanto, al descender de las montañas, buscaban el siguiente destino, que era la ciudad de Pesqueira, en una carretera estrecha y a veces precaria. Beata Pesqueira, la tierra de dulces e ingresos que esperaba a sus nobles hijos. No todo había sido planeado, pero el curso de las cosas mostró una concatenación de metas, historias y vidas.

Pasan por varios lugares, granjas y hacen una parada estratégica en una tienda de campaña al costado de la carretera. Cuando bajan del auto, comen, se hidratan y observan el duro paisaje natural del lugar. Son admirados por ver que es uno de los lugares más bellos del mundo con sus montañas, cielo azul, piedras, vegetación, y la figura del trabajador rural local que debe ser reconocido por su contribución a la nación. Pagando los gastos, salen de allí, regresan al coche y reinician el viaje, poco después de superar la mitad de la ruta. La hazaña los hace más relajados.

La segunda mitad de la ruta presenta algunas sorpresas en el camino. El primero es un caballo en el camino que el conductor tiene que girar repentinamente para evitar un accidente. El otro, el neumático sopla lo que obliga a todos a bajar y cambiar el neumático. Dedican treinta minutos a esta maniobra. Juntos, dicen una fuerte oración por el Arcángel Miguel para protegerlos el resto del camino. La estrategia parece tener un efecto ya que no pasa nada hasta llegar a la ciudad. Robert deja a su yerno y a suegra en casa e inmediatamente se va a la capital. Comenzó un nuevo viaje de unos doscientos kilómetros.

El momento requiere reflexión, análisis y una cuidadosa planificación para el futuro para evitar fracasos en la relación de pareja o en cualquier otro entorno. El ralentí del automóvil, que es desarrollado por el conductor, hace las cosas más fáciles con el fin de semana en el interior todavía palpitando en sus pensamientos y acciones. En algún momento, superan a la ciudad de Hermoso jardín, lo que ya es un gran logro.

En un giro de cara, Robert mira a su amada y piensa lo bueno que fue haberla conocido. Aquella dulce, dulce y educada niña fue conquistando lentamente su corazón herido y marcado por las tragedias de la vida. A pesar de no olvidarlo, fue un gran alivio tener su compañía y disfrutar de buenos momentos. El resto se deja al destino para decidir. Avanzando un poco más, llegan a São Caetano, donde se detienen en un restaurante al costado de la carretera para tomar un refrigerio.

Aparcan el coche, se bajan de él y caminan de la mano unos metros. Llegan en un ambiente cómodo, espacioso, ajardinado, con un mostrador de servicio normal con el vestíbulo central con buenos asientos y mesas con algunas personas ya acomodadas. Al elegir una mesa en el lado derecho en la esquina, son más cómodos. Toman el menú en la mesa y eligen arroz, frijoles, carne a la parrilla, puré de papas, ensalada, jugo y fruta como comida. Tal es el hambre.

En un ambiente relajado, hablan de sí mismos, de la familia, de la política, de la religión, de los acontecimientos sociales, de la espiritualidad, de la música, del cine, de la televisión y de la literatura. El tiempo ni siquiera parece pasar tan fácilmente para que se interconecten en una conversación. No estaba de acuerdo con todo, pero tenía pensamientos similares. Al final de la comida, van al baño y hacen sus necesidades fisiológicas.

Al salir del baño, van al mostrador donde pagan los gastos. Después, comienzan a caminar de regreso al auto ya renovado. Como el camino es corto, no hay tiempo para pensar en los problemas o cualquier otra cosa. La situación actual es inestable en todos los sentidos.

Cuando volvieron al auto y reiniciaron la marcha, fue como una revitalización de cosas, lugares, almas, conflictos y problemas. Todavía quedaba mucho por conquistar y esa pareja de aventureros debía ser felicitada por su actitud de estar juntos y afrontar la vida. Un poco más tarde, pasan por la ciudad de Caruaru.

Entre Caruaru y Pantorrillas, tienen la oportunidad de reducir aún más la velocidad, admirar el paisaje en un suspiro como alguien que quiere más, intercambiar información, recordar los dos días del viaje e imaginar cómo estaba todo en el apartamento en Recife. Aunque el viaje fue genial, no había nada mejor que volver a tu rincón y comenzar la rutina con más fuerza. Era lo que toda la gente normal hacía y sentía.

Avanzando desde este punto, dan paseos a los mercadólogos y los entregan directamente al centro comercial de la ciudad de Gravatá.

Aprovechan la oportunidad y caminan por el centro de la ciudad tomando fotos en lugares turísticos como iglesias y plazas. Reconocen la belleza natural y urbana del lugar como única. Luego reanudan el viaje con más disposición.

En la nueva etapa, de vuelta en la autopista BR 232, comienzan a pensar en todo lo que han construido hasta ahora, en el misterio de la Wicca y la vida misma. ¿Qué tan interesantes fueron las sorpresas que se desarrollaron ese fin de semana? Ciertamente, no tendrían la misma visión después de todo lo que vieron y escucharon en el bosque de Gravatá de Gomes.

Mientras tanto, ni siquiera se dan cuenta cuando pasan por la ciudad de Victoria de Santo Antao y se acercan a la capital. Ya estaban por la tarde y el calor era estupendo. Como resultado, el sudor corre, un pedo sacude las relaciones y también provoca risas. Parecía que finalmente se estaban acercando. Esto podría considerarse una buena señal.

No tarda mucho, y entran en el área urbana de Recife y frente al tráfico caótico se trasladan lentamente al apartamento ubicado en el barrio de Imbiribeira. Todo parecía normal con ellos y el resto del mundo. Además, ambos.

Robert deja a su novia en el apartamento, la ayuda a limpiar, hace el amor y pasa el resto del día juntos. Solo se despiden el otro día cuando ambos van a trabajar. Seguro que se verán pronto. Era una necesidad volver a la rutina lo antes posible.

La promoción

Después de despedirse de su amor y caminar unos metros se encuentra en la parada de autobús con algunas personas desconocidas. El tiempo libre le permite pensar en usted mismo, sus perspectivas y expectativas para el futuro, su familia ahora distante y un nuevo día en el trabajo. No ha pasado mucho tiempo desde que ha estado esperando el vehículo, pero sus pensamientos fueron rápidos y ágiles.

El transporte significa parques y se sube a él. Cuando está lleno, paga el boleto, va a la parte de atrás y como no hay lugar disponible para sentarse, ni ningún caballero que le dé un espacio, tiene que pararse incluso al lado de hombres y mujeres con diferentes perfiles. La vida en la capital era así, una arena donde solo sobrevivían los más fuertes y prácticamente no había respeto por los más débiles. Ejemplos claros de falta de respeto en este ambiente fueron las mujeres embarazadas, los discapacitados y los ancianos de pie, mientras que otros sanos tomaron sus asientos. Esto te hace reflexionar sobre las injusticias humanas generales que son comunes en la sociedad en la que vivimos. Es más adorado "El tener" en lugar de las cualidades, es decir, "El ser". Aunque esta situación es deprimente y triste, no había mucho que hacer. Lo importante era que tu opinión y actitud marcaran la diferencia. Mostrar "Sé la excepción" podría permitirte subir vuelos más altos. Por otro lado, podría sufrir un poco más que la mayoría de las personas, aprendiendo de él cómo ser más fuerte, más rígido, más exigente y decidido. En esta situación, tu sangre Wicca vibra dándote guía, fe, garra y fuerza en estas situaciones. Necesitaba seguir adelante.

Hay un buen movimiento de paradas con entrada y salida de personas en estas oportunidades como de costumbre. En cada uno de estos eventos, el autobús parece llenarse más y comienzan a suceder cosas molestas a su alrededor. Además de la tirantez, el mal olor de la axila que emanaba de las demás, tiene que soportar el acoso sexual inadvertido, como un hombre blanco alto a su lado que aprovecha la cercanía para pasar frotando el cuerpo contra el de ella con el objetivo de hacer sentir su órgano sexual. En un momento posterior, se aleja para disfrazar la agresión. ¡Qué repugnantes eran algunos hombres! Aprovechando la fragilidad de las mujeres y su clara impotencia para defenderse, pensaron que eran dueñas de todo y de todos. Ella y otras mujeres eran víctimas de ella todos los días. Menos mal que estaba cerca de su parada, y tal vez nunca volvería a ver a ese bastardo repugnante.

Respira hondo, se aleja un poco más de la confusión y espera unos momentos para acercarse al punto de trabajo y finalmente desciende. Camina un poco y espera que el día haya sido mejor de lo que había sido hasta ahora. Con unos pasos más, ya tiene acceso a la tienda de ropa e incluso antes de saludar a sus colegas, el movimiento es extraño. Según información de algunos de ellos, estaban esperando a que llegara para iniciar una reunión urgente. Con la citación del general en jefe, se reúnen en una habitación privada.

En un discurso notablemente triste, el dueño del negocio explica la renuncia voluntaria del gerente de la tienda e inmediatamente abre la votación para elegir un reemplazo. Los empleados hacen fila y usando el pedazo de papel escriben el nombre de la persona más calificada para reemplazarlo y depositarlo en la urna. Al final de la votación y recuento de votos, se anuncia el nombre de la persona elegida con un amplio margen a su favor: Nuestra querida maga Beatrice Rosembar. Feliz y sorprendida, tiene que hablar y se compromete a una buena gestión con justicia y discernimiento. Firma un plazo de responsabilidad y se muestra encantado con el valor del salario, que sería tres veces superior al actual. Incluso con tal privilegio, el grado de responsabilidad era ciertamente algo que no se había analizado, pero a medida que fuera elegida, trataría de estar a la altura de las expectativas de todos.

La reunión se disuelve y comienza el trabajo del nuevo gerente. Ella ya tenía mucho conocimiento sobre las tareas, ya que siempre trabajaba con el gerente ayudando en todas las tareas. No era lo mismo, pero este hecho sin duda facilitaría su administración.

La primera victoria en el ámbito profesional llenó de satisfacción a la chica. Realmente no había nadie con mala suerte. Somos los frutos de nuestras obras y elecciones. Esta fue también una propuesta de Wicca.

Al final del turno, se despidió de todos y comenzó por el mismo camino, pero en la dirección opuesta. Como de costumbre, llegó a casa, almorzó y se dedicó a otras tareas y se preparó para la noche. El día aún no había terminado.

Hacia la escuela

Después de una fructífera tarde de estudios, una cena ligera (sopa de pollo con pan) y un baño nuestro querido personaje estaba listo para la noche en la universidad ubicada en el centro de Recife. Como de costumbre, uno de sus compañeros vino a recogerla a casa y esta vez temprano ya que era el día del examen.

Al salir del apartamento y llegar a la zona exterior, tiene la sensación de que se guarda para sí misma. Una vez más, el don de la premonición estaba presente en su vida diaria, algo aún no asimilado o comprendido en su vida. ¿Quién era ella realmente? ¿Una bruja? ¿Estaba la sangre Wicca relacionada con algunos hechos misteriosos que sucedieron que trajeron mucha suerte o mala suerte? Quería evitar creerlo, pero el destino siempre le trajo algunas sorpresas.

Sabía que tarde o temprano, necesitaba la guía de una persona más experimentada. Sin embargo, siempre pospuso este momento porque sentía que su vida estaba dentro de la normalidad y como se esperaba. Ciertamente, negarse a desarrollar un regalo era algo malo porque se sentía como si estuviera luchando contra su propia esencia. Esta actitud probablemente se debió al miedo, las reglas morales, la educación católica, la vergüenza, el prejuicio, la falta de motivación y oportunidad. Ser Wicca era sinónimo la mayor parte del tiempo de gente mala.

Bueno, en realidad, su día aún no había llegado. Consciente de ello, camina un poco con su compañero de clase hasta llegar al lugar donde se había aparcado el coche. Los dos entran en el vehículo y el joven llamado Humberto conduce hacia ella. Los dos se habían llevado muy bien desde que se conocieron. Se podría decir que eran amigos que colaboraban entre sí en las tareas escolares. Beto, como lo llamaban cariñosamente, era educado, guapo y salía con otro compañero de escuela. Había sido el primero de su clase en enterarse de su compromiso, que apoyaba plenamente.

Al principio, se enfrentan a un tráfico congestionado, con calles mal iluminadas y algunos baches. Fue una negligencia pagar impuestos y no tener la correspondiente devolución en servicios al ciudadano. Esta realidad era general en todo Brasil a principios de siglo.

El recorrido total sería de unos siete kilómetros, lo que era mucho para el contexto actual. Durante este viaje, intercambian unas palabras de motivación, prediciendo el grado de dificultad en las pruebas de Ignacio Caldas, el profesor más exigente del Olympus Colegio. Sin embargo, nada era absolutamente imposible de lograr.

En estos momentos la expectativa, el estrés y el nerviosismo son muy grandes por tener que poner a prueba los conocimientos adquiridos durante todo un periodo de extrema dedicación a los estudios. La posibilidad de fracaso era el fantasma que vivía todo estudiante debido al sistema de evaluación aplicado en la mayoría de las universidades. Lo injusto fue darse cuenta de que una calificación, ya sea baja o alta, no medía con precisión el grado de inteligencia y aprendizaje. A menudo era sinónimo de opresión, exclusión y tortura para los estudiantes si por una razón u otra no les iba bien.

Sin embargo, era necesario afrontar la situación con gran valentía, disposición y buen humor. Completando la ruta completa, pasando la puerta de entrada del campus y deteniendo el automóvil en el patio, Humberto abre las puertas del automóvil, para que puedan salir libremente. Sin quererlo, el joven deja caer un papel en el que estaba escrito algo e inmediatamente lo vuelve a poner en su bolsillo. Nuestra querida maga se ríe cuando se da cuenta de que es un pegamento. Como dice el refrán, todo va en las pruebas de la vida y el amor para tener éxito. Humberto luchaba con sus armas considerando la aprobación. No justificaba el hecho de que él estuviera trabajando todo el día toda la semana, pero alivió un poco su conciencia. Entonces, los dos continúan caminando y poco después tienen acceso al bloque y a la sala respectiva donde ya estaban otros estudiantes. Diez minutos después, el maestro apodado "el verdugo" por algunos llega y separa cuidadosamente a los estudiantes a una distancia segura. El maestro les pide todos que guarden sus teléfonos celulares y sus bolsas, manteniéndose encima de la silla, solo papel y bolígrafo. Los estudiantes se preparan para el tiempo regular y entregan la evaluación. Ahora comenzó una carrera contra el tiempo para responder a las preguntas de forma correcta y rápida.

El maestro camina por la sala todo el tiempo y trata de estar al tanto de cada movimiento sospechoso, pero cuando le da la espalda por un momento, comienza el intercambio de información entre algunos. Fue una pena, pero no había ética para evitar que algún inteligente rompiera las reglas para tratar de pasar. Su ley es que "Los fines justifican los medios".

Beatrice no necesita estos subterfugios para tener éxito porque era una chica trabajadora, inspirada e inteligente. Estaba disfrutando de la prueba y respondiendo con calma a las preguntas. Su debilidad era sentir lástima por los demás, lo que la llevó a repasar las respuestas. ¡Quién nunca ha hecho esto, tiremos la primera piedra! En este momento, necesitaba mantener la calma porque si me descubrían, pagaría un precio muy alto.

La evaluación dura dos clases, es decir, una hora y media. Al final del laborioso maestro recoge las pruebas y hojas de respuestas descartándolas para hoy. Según la información, el resultado saldría en quince días. Ahora solo era cuestión de esperar.

La niña regresa a casa en compañía de su colega que vivía en el mismo barrio y ambos hablan sobre el día de la escuela en el camino. Si bien a la niña le había gustado, el niño estaba decepcionado. Según él, la línea que tanto se había tomado la molestia de trazar no tuvo ningún efecto en esa disciplina que era el cálculo I. De hecho, en la abrumadora mayoría de las veces, las disciplinas exactas requieren más razonamiento que pura memorización.

El amigo siente lástima por él y sugiere que la próxima vez estudien juntos. Solo para que no dependiera de la suerte. Se emociona y agradece. Esa joven realmente tenía un corazón de oro y merecía todo el éxito del mundo.

Pues bien, ahora era el momento de descansar y volver a la rutina al día siguiente. Cada día su respectiva preocupación como Jesús nos enseñó.

Quince días después, al acceder a su grado en la secretaría, se encontró con que había obtenido la nota más alta en varias asignaturas, entre ellas la más temida de todas. Esta fue una prueba de su don de premonición. Eso era precisamente lo que había sentido antes de tomar la prueba. Un poco asustada, estaba pensando en sus poderes y en lo que eso significaba para el resto de su vida.

Mejor no pensar y fingir que todo estaba bien. Ser normal es lo mejor de la historia, y ella era una chica normal con defectos y cualidades. Digamos que era más sensible que la mayoría de la gente. Era necesario seguir normalmente con la vida porque todavía quedaba mucho por vivir.

En el mercado público

Las rutinas de nuestros personajes eran normales con el trabajo durante la semana y las salidas el fin de semana. Con cada día que pasaba, la reciprocidad entre los dos aumentaba, contrastando con algunos desacuerdos dentro de la normalidad de una relación común. Mientras la chica se olvidaba de su habitual mala suerte en el amor, el socorrista se recuperaba emocionado por su último matrimonio. Los dos contribuyeron a la paz y armonía del otro, y eso fue excelente.

Sin embargo, sus vidas no eran exactamente floridas o pacíficas. El estadounidense tuvo problemas en el trabajo sufriendo falsas acusaciones y problemas familiares en el extranjero. En cuanto a la vida de nuestra maga, estaba muy ocupada con una gran carga de trabajo en la empresa y en la escuela, además de la gran distancia geográfica de sus padres, y, en consecuencia, provoca un poco de soledad familiar. De vez en cuando, entraba en una profunda depresión porque no tenía a nadie con quien hablar y colgaba del teléfono durante horas hablando con su novio. Cuando la situación era más grave, incluso viajaba al apartamento para consolarla personalmente. De eso se trata una relación, apoyarse mutuamente en los buenos momentos y especialmente en los difíciles. Lo importante era poder superar este problema.

Un día, la invitó a salir con él para un recorrido especial en una de sus visitas al apartamento de la niña. Saliendo juntos, se suben al mismo vehículo que siempre posee, y se dirigen hacia el barrio de Saint Joseph en las afueras de la antigua Recife. Fue una tarde nublada y calurosa, con menos movimiento de vehículos de lo normal durante el viaje.

A pesar del ambiente romántico en el coche, la sensación de tristeza es clara, siendo uno de los síntomas de la depresión que plagaba la mente de nuestra educada y bella joven. Sin embargo, estaban juntos y listos para luchar por sus sueños, su libertad, por la justicia, por el amor mutuo y la felicidad. Esto fue lo que marcó la diferencia entre ellos.

En el camino juegan, hablan un poco más, observan el paisaje urbano y se quejan del aire contaminado. La humanidad era verdaderamente odiosa por causar este y otros efectos desastrosos en la naturaleza. El mundo se dirigía hacia el caos global. Sin encontrar una solución al problema, siguen en silencio durante el resto del viaje, que tiene un total de cuatro kilómetros.

La ventana del auto se abre y el viento sopla libremente en sus caras. En un momento dado, pareció susurrar algo al oído de Wicca haciéndola entrar en mundos misteriosos inaccesibles para el ser humano común. En este mundo interior, el centro de atención era solo ella con sus deseos, sueños, amigos y enemigos. Aquí es donde descubre el significado del amor propio y visualiza una redención en el futuro representada por gruesas nubes de gris, azul y blanco. En su visión, hay tres hombres: uno con jeans, camisa, gafas de sol y sombreros oscuros; Otro con túnicas, zapatos y accesorios rojos y un tercero con uniforme blanco. Los tres eran extremadamente guapos y circulaban a su alrededor. Ella sola y ahí es que apareció una luz que penetró completamente en su alma. En esto, la visión termina y su esencia vuelve a despertar en la realidad, con el coche ya aparcado junto al mercado público del barrio.

Abriendo las puertas, bajan juntos y caminan un poco. Doblando la esquina de la siguiente calle, encuentran a un gato recién nacido abandonado allí. No estoy presente por razones de fuerza de las circunstancias. Uno cuidará del otro y el resultado es un amor sincero sin condiciones". El descendiente de Wicca sonríe y lo besa en la mejilla a cambio, y luego comienzan la caminata de regreso al vehículo. Con unos pasos, ya están de vuelta y la marcha sigue buscando el segundo punto del día.

El destino era ahora el barrio "Buena vista", también en la zona central de la ciudad, a tres kilómetros de distancia. Con la presencia del gatito, el clima cambió y los dos estaban generalmente felices. El Señor Dios actúa así también con los humanos, cuida o hace cuidar a los jóvenes huérfanos, las viudas, los enfermos, los niños abandonados y las personas sin hogar de una manera especial. Esto se debe a que puede ser llamado "Dios de los excluidos".

La marcha aumenta y esta prisa de la rubia parecía prever aún más noticias en los próximos minutos. Parece reconocer a un hombre supuestamente brutal debido a su gran físico. Al conocerlo mejor, se olvidó del prejuicio y comenzó a verlo como un niño que necesitaba mucho afecto al igual que ella. Las apariencias son realmente engañosas.

Diez minutos después, vuelven a aparcar junto al mercado público del barrio. Al salir del medio de transporte, un perro pequeño, delgado y tembloroso se cruza en su camino. Susurrando, dice el compañero

"Aquí está la respuesta a sus preguntas. Tendrás que cuidar de estas dos criaturas distintas, teniendo la misión de unirlas a pesar de su naturaleza habitual. No requerirá amor entre ellos, pero al menos respeto y buena convivencia". Lo intentaré" dicen "El joven soñador". Misión cumplida, ahora regresarían a casa para descansar y dar los primeros pasos para recibir a los animales y seguir adelante con la vida. Felicitaciones por la actitud de dar la bienvenida a aquellos que el mundo rechazó.

Casa de la Cultura de Pernambuco

El tiempo pasó un poco con los personajes dedicándose a sus actividades diarias. Siempre que podían, la pareja salía junta y disfrutaba de la compañía del otro. Ocho meses después de la llegada de la bruja a Recife se completó. Para celebrar esta fecha, los dos organizaron un recorrido excepcional.

Al salir del apartamento, toman el ascensor con sus pensamientos fijos en su destino y el momento actual. El equilibrio de la parafernalia tecnológica sacudió sus anhelos más íntimos. ¿Qué iba a pasar? Absolutamente, eso podría evitarlo.

La tecnología se detiene, la puerta se abre, y tienen acceso al patio del edificio, en la zona exterior, y con unos pocos pasos llegan al aparcamiento donde estaba parado el vehículo. Al llegar junto al vehículo, sueltan la alarma y finalmente logran subir al coche. Tienen acceso a las calles y toman la dirección hacia la región central de la capital.

Frente al intenso movimiento, los dos caminan por las calles y avenidas que unían el distrito de Imbiribeira con San Antonio. El destino fue el mayor símbolo folclórico y cultural del estado, "La Casa de la Cultura" ubicada en la calle Floriano Peixoto.

Espiritualmente se sintieron asombrados y motivados por todo lo que habían experimentado y conocido en la capital. Sin duda, Recife fue una de las capitales más bellas y culturales del mundo y vale la pena visitarla. Esto es lo que el libro quería mostrar, además de la trama provocativa que involucra a los personajes.

Si todo estuviera bien, ¿se podría decir que su relación sería un éxito? Viviendo en el ahora, aprovechan el viaje para conocer mejor la capital, pasando cerca de sus plazas, iglesias, viaductos, edificios bajos y altos y en esto también pueden ver el elemento urbano. A diferencia del entorno rural en el que vivía, la joven analiza que la vida en la capital era más mecánica, ajetreada y con una mayor indiferencia entre las personas. En el interior, casi todos se conocían y tenían una conexión cercana (Casi hermanos). ¿La vida en una jungla de piedra era, digamos, necesaria, cobarde y a menudo deprimente? Afortunadamente, habían cambiado esa historia al adoptar dos criaturas adorables: el perro "Spyke" y el gato "Esponjoso". Fue mucho trabajo cuidarlos y domesticarlos, pero fue gratificante recibir su afecto a cambio de su atención y servicio. Los animales eran inocentes y fieles en todas las situaciones.

Estaban tan entretenidos con todo que ni siquiera se dan cuenta de cuánto tiempo pasa. Tan pronto como llegan al destino mencionado, quedan encantados con todo lo que ven. El edificio tenía una estructura formada. Dos de ellas con tres plantas que conectan con el vestíbulo central adornado por una cubierta llamada Mirante. Ese lugar comenzó a construirse en 1948 con el objetivo de convertirse en una prisión. Fue construido a través de esfuerzos públicos en el Estado de Pernambuco. Además de este edificio, diseñó los proyectos para el Gimnasio Pernambuco y el Hospital Pedro II. 6000 m^2 de patio exterior se completó en 1967. Este lugar funcionó como una cárcel durante 118 largos años con historias en su mayoría trágicas. Y rara vez buenos momentos. La decisión de cerrar sus actividades se debió al hacinamiento de los presos y a la proximidad al centro de la ciudad. Con tres años de dedicación y trabajo, finalmente se inauguró la Casa de cultura, reuniendo prácticamente toda la producción histórica y cultural del estado.

Aparcar y bajarse del coche, caminar un poco y tener acceso al patio exterior, tienen la sensación de que están ante una reliquia histórica de inconmensurable valor. Fue bueno estar en este maravilloso lugar.

Con el hambre apretando se dirigen al patio de comidas. El camino desde el punto donde estaban allí se hace lenta, tranquila y calculadamente. Actuaron así porque querían disfrutar de cada momento de la gira. Hay una rica gastronomía típica del estado disponible: torta de maíz dulce, acarajé, agua de coco, torta, jugo, entre otros. Ordenan un poco de todo para saciar sus cuerpos sedientos y fatigados. Habían estado a la altura del momento y descubrieron que todo valía la pena. La ansiedad ahora era entrar en el área interna de la institución.

Después de la comida, pagan la merienda y junto con otras personas van a la puerta de entrada y salida. Estaban a punto de tener una experiencia única en la vida. Cualquier cosa podría suceder en ese santuario cultural más importante de nuestro estado.

Después de superar el único obstáculo, tienes acceso a las antiguas celdas que albergaban a importantes personalidades del pasado. El primero en ser visitado fue el rincón de Antonio Silvino, un famoso cangaceiro que trabajó a finales del siglo XIX y principios del XX. De ese ambiente ya reformado, quedaron las vibraciones negativas y positivas conflictivas de la vida de ese marginal. Circulan en la celda que albergaba a Gregório Bezerra, un gran hombre que había sido agraviado en el pasado. Tiene una historia honorable y digna. De niño, comenzó a trabajar en los campos de caña de azúcar para ayudar a su familia. Se trasladó a Recife. Su promesa de convivir con agricultores y estudiar no se cumplió, lo que le obligó a quedarse sin hogar durmiendo en las catacumbas del cementerio de Santo Amaro. Tuvo Estudiado hasta la edad de veinticinco años. Trabajó como manipulador de equipaje, asistente de construcción y periodista, y esta última profesión lo inspiró a ingresar a la política. Los novios están encantados con la historia y tratando de no pensar en lo injusto que es el mundo, buscan la siguiente celda. El compartimento vecino se alcanza rápidamente. Ese lugar había albergado a Paulo Cavalcanti, un notable Pernambuco. Un guía que estuvo presente comienza a explicar toda la trayectoria de este icono:

Nacido en Olinda el 25 de mayo de 1915, el niño Paulo debutó en el llamado mundo conocido. Sin embargo, a los cinco años ya estaba haciendo su primer movimiento. Se fue a vivir a la vecina Recife, específicamente en la calle Placeres, en el barrio " Buena Vista ". Habiendo hecho una buena educación primaria, fue aprobado en el gimnasio del estado de Pernambuco. Sin embargo, por razones financieras, renunció a inscribirse en la institución mientras estaba lejos del mundo escolar. Durante este período, estudió en casa y fue un ávido lector. Fue en "Prodigios de la columna" a punto de soñar con conocer a Luis Carlos Prestes y darle un largo y afectuoso abrazo. Al conseguir su primer trabajo en el puerto " Inspector de Carga y Descarga" se matriculó en el Ateneo de Pernambuco donde uno de sus primos era socio. Desgraciadamente, un tiempo después, tuvo que abandonar de nuevo sus estudios porque se fue a trabajar a Salgueiro en la Inspección Federal de Obras contra las sequías. No hacer nada contra ese tipo de sufrimiento. Luego regresó a Recife. Decidido, se unió a la Acción Brasileña de Integralidad, pero pronto se fue debido a conflictos con la teoría y la práctica de esta institución. Concomitantemente, comenzó a escribir artículos para el periódico. Con su propio esfuerzo, logró terminar la escuela secundaria e ingresar a la Facultad de Derecho de Recife. En la universidad, sirvió en el directorio de estudiantes y se involucró en la política contra el nuevo estado y el Gobierno de Agamenón Magalhães. Completó su licenciatura en derecho, trabajó como secretario en el hospital portugués y un año después nació su primera hija, bautizada como Moema. Tres años más tarde, después de haber aprobado un examen público, asumió el cargo de fiscal en Goiana y brindó asesoramiento jurídico a los parlamentarios de la JCP. Fundó la Asociación con otros colegas del Ministerio Público de Pernambuco. En 1947, se postuló para el cargo de diputado estatal, permaneciendo en el sustituto. Debido a la nominación de Barros Barreto al gobierno estatal, obtuvo la vacante. En su papel parlamentario, defendió el mandato de los comunistas y protestó contra el arresto de algunos de ellos. Dos años más tarde, solicitó la membresía del PCB, un partido que todavía estaba trabajando ilegalmente. Los derechos de asociación, la libertad de expresión, la oposición a los gobiernos vigentes en ese momento. Políticamente, tuvo éxito con su apoyo en la carrera electoral en Recife y el estado de Pernambuco. Trabajó como empleado federal siendo arrestado varias veces con el advenimiento del golpe militar de 1964. Se retiró. A partir de entonces, siguió activo en la política, el periodismo, en la defensa de los derechos y en la literatura. Junto a importantes nombres como Gilberto Freyre, Mauro Mota, Nilo Pereira, Ascenso Ferreira, Abelardo da Hora, Ladjane Bandeira, Luiz Delgado, Aderbal Jurema y Valdemar de Oliveira. Realmente era un gran hombre.

"¡Qué hermoso ejemplo! ¡Felicitaciones a Pernambuco! (Roberto)

"Siento que tu alma todavía está unida a este lugar. Pero no es un sentimiento de apego o tristeza, es de contemplación y satisfacción. (Beatriz)

"¡Qué bueno saber eso! ¿Pueden los dioses bendecir a todos estos hombres honorables? (Guía)

"¡Amén! (Todos los que están presentes)

Al salir de ese lugar, buscan el siguiente punto, que ahora es una cafetería. Como todo allí está cerca, pronto se encuentran ubicados en el lugar vacío e incluso ante tanta comida, no tienen ganas de comer porque ya lo habían hecho recientemente. La vibración de los pensamientos es nostálgica porque allí había sido alojado el preso Graciliano Ramos. Gracilliano Ramos nació en la ciudad de Quebrangulo el 27 de octubre de 1982, siendo el primero de 16 hermanos. A los casi tres años, se muda con sus padres a la pequeña granja de pollos ubicada en el condado de Buíque, estado de Pernambuco. Han sido cuatro años aprendiendo las nociones de la vida rural: agricultura, costumbres, religiosidad y valores. Luego regresa a tu tierra natal. Cinco años más tarde, se abrió en el mundo de la literatura publicando el cuento. Un año después, un nuevo cambio: el destino es ahora la ciudad de Maceió, capital de Alagoas. Allí, va a la escuela el 15 de marzo. Participa en el periódico quincenal "Echo Vicossense". Sin embargo, este proyecto solo tuvo dos publicaciones debido al suicidio de su mentor intelectual Mario Venancio. Luego comienza un nuevo proyecto: Editorial de Poesía en la revista firmando como Feliciano de Olivence. Tres años más tarde, comienza a colaborar con el periódico Alagoas que publica el soneto. Las publicaciones se repitieron con otros nombres. Cuando él es mayor, haces un nuevo cambio. En palmera india, tienes el honor de dar tu primera entrevista como escritor al Diario de Alagoas, de Maceió. Un año después, colaboraría con el Periódico. Tres años más tarde, viaja a Río de Janeiro con el propósito de tratar de establecerse en la prensa. Este mismo año, trabaja como revisor de la oficina de correos de la mañana, la tarde y el siglo, colaborando para los periódicos South Paraíba y Alagoas. El encuentro de estos textos compone la obra Líneas circulares. En septiembre, al año siguiente regresa con urgencia la palmera india a causa de la muerte de tres hermanos y un sobrino, víctimas de la peste bubónica. A la edad de octubre de 1915, se casa con María Augusta de Barros y deja de cooperar con la periódica. En 1916, usted tiene la bendición del nacimiento de su primer hijo. Al año siguiente, se hace cargo de una tienda de telas. En este mismo año, nace su segundo hijo. Dos años después, es el turno del nacimiento del tercero. En un clima de paz y armonía entre la pareja llega el cuarto hijo que nace en veinte a 3º, novecientos veinte. Su esposa muere en el parto. En el año 1925, comienza la escritura de su primera novela: el 7 de octubre de 1927, es elegido alcalde de palmera india. Al tomar posesión del cargo, concluye su novela.

A los treinta y cinco años de edad, se vuelve a casar con Heloísa Leite de Medeiros, entonces de dieciocho. Y las cuentas de nuestro condado al Gobernador son buscadas por un editor debido a la reconocida calidad literaria del documento. A principios de la década de 1930, nació su sexto hijo, el segundo de la pareja, todavía en palmeras indias (Estado de Alagoas en el noreste de Brasil). En su carrera profesional, publica artículos en el diario Alagoas y el 10 de abril dimite como alcalde. En mayo se traslada a Maceió con su familia y es nombrado director de prensa oficial de Alagoas. Compensando esta pérdida, al año siguiente, nació su séptimo hijo, siendo el tercero de la pareja. Escribir los primeros capítulos de San Bernardo en la sacristía de la Iglesia Madre en palmeras indias, novela que se completó este año. En abril, se sometió a una cirugía. En 1933, en enero, es nombrado director de la Instrucción Pública de Alagoas, cargo equivalente a lo que hoy sería secretario de Educación. Un año después, publicó su segundo libro de la editorial Ariel. Encarcelado en Maceió y posteriormente trasladado a Río de Janeiro. En agosto del mismo año, publicó su tercer libro titulado "Angustia" del editor José Olímpio y recibió el premio Lima Barreto. En 1937, a principios de enero, fue liberado en Río de Janeiro. Escribe un libro para niños titulado "La tierra de los niños desnudos" recibiendo el Premio de Literatura Infantil del Ministerio de Educación. En 1938, publicó la novela "Hojas secas", su cuarta obra. En agosto de 1939, fue nombrado Inspector Federal de Educación Secundaria en Río de Janeiro. Lanzado "La tierra de los chicos desnudos" por la librería Globo en Porto Alegre. En 1940, traduce " Memorias de un negro " de Booker T Washington para la editorial Nacional. En su cincuentenario, recibió el premio Felipe de Oliveira por su obra en su conjunto. Publica "Brandão" entre el Mar y el Amor, escrito en colaboración con los amigos escritores Jorge Amado, Jorge Lins do Rego, Aníbal Machado y Rachel de Queiroz para la Librería Martins. Fatalmente, el 4 de septiembre de 1943, su madre "María Amélia Ramos" muere en una palmera india. Publica " Historias de Alejandro " por la editorial "Leia". En 1945, publica "Infancia", su quinto título, del editor José Olympio y se une al Partido Comunista Brasileño invitado por el secretario general del partido. Escribe "Historias incompletas" reuniendo algunos cuentos, extractos de hojas secas y cuatro de la infancia. Su vida literaria continúa en pleno apogeo al año siguiente con la publicación de " Insomnio ", un encuentro de cuentos publicados por el editor José Olympio. Tres años más tarde, su primer hijo muere. Ese mismo año, traduce "La peste", una novela de Albert Camus para el editor José Olympio. En 1951, se convierte en presidente de la Asociación Brasileña de Escritores. En 1952, viaja por la mayor parte de Europa. El mes de septiembre fue operado en Buenos Aires, pero sin éxito. Regresó a Río de Janeiro gravemente enfermo. El 26 de enero de 1953 fue ingresado en el asilo de ancianos San Víctor. Fallece el 20 de marzo a causa de un cáncer de pulmón.

"¡Qué increíble! (Roberto)

"Cada uno de estos hombres merece nuestro respeto y admiración. Qué bueno estar aquí y saber eso sabiendo que sus almas están en paz. (Beatriz)

"Que así sea. (Petronio)

"Continuemos con las visitas. (Roberto)

"¡Sí, vamos! (Beatriz)

Al salir de la cafetería, buscan la siguiente parte importante del edificio. Ya habían visto mucho, pero cada nuevo descubrimiento reforzó las expectativas de que era el mayor santuario cultural del estado. El cielo siempre fue azul y claro debido a la protección del amor que envolvía a esas dos almas. ¡Qué amor o lo que sea, fue hermoso!

Cruzando algunos puntos y avanzando, finalmente llegan a la única librería especializada en libros en Pernambuco. En el patio principal que albergaba la biblioteca, pasean sin prisas, sacando de la estantería algunos clásicos que les llaman la atención. Después de algunos análisis, continúan investigando las obras y algo realmente los atrae. Aquí está la sinopsis de cada uno de ellos: Fuerzas opuestas: El libro cuenta la historia de un joven soñador que, en un intento desesperado por cumplir sus sueños, emprende un viaje a una montaña que promete ser sagrada. Lo escala, supera obstáculos y llega a su cima. Allí, conoce al Guardián, un ser sombrerero que posee prácticamente todos los misterios y, ayudado por ella, realiza desafíos que le dan derecho a entrar en la misteriosa y peligrosa Gruta de la Desesperación (un lugar sagrado que promete cumplir los sueños más profundos). Al entrar, supera obstáculos y finalmente llega a la Cámara Secreta, donde se convierte en un vidente, un ser dotado de regalos. Con todo cumplido, abandona la cueva y se encuentra con el guardián que lo envía a una misión aún más imposible: unir fuerzas opuestas, resolver injusticias y ayudar a alguien a encontrarse a sí mismo. Acepta el proyecto y, con sus nuevos poderes, hace viajar en el tiempo guiado por una llamada de ayuda. El viaje es un éxito y durante 30 días es sometido a varias aventuras que lo llevan a su finalización. En su tiempo, celebra su éxito. Se promete a sí misma continuar con su misión, evolucionando cada vez más, llevando entretenimiento a los lectores que la siguen; La noche oscura del alma: La vida nos hace vivir días oscuros, tristeza que no queremos que sea real. "La noche oscura del alma" es la continuación de "El Vidente", con el personaje principal regresando a una montaña en busca de respuestas a un período problemático de su vida, momentos en los que se había olvidado de Dios, de sus principios, perdiendo la cabeza en los pecados. En la montaña, "El Vidente" tuvo contacto con dos "seres elevados" que lo guiaron al conocimiento. Sin embargo, está profundamente vinculado a los siete pecados capitales y a pesar de la experiencia adquirida, sus problemas no se resolvieron, por lo que tuvo que hacer un viaje a la "Isla Perdida", sede del reino de los ángeles. Este libro es un viaje lleno de peligros, piratas, una gran aventura en el mar, que nos trae reflexiones y preguntas, a las que nos preguntamos si sería posible que un criminal se recuperara después de hundirse completamente en la oscuridad, y de ser así, ¿realmente encontraría la paz para sus crímenes? ¿Encontrarías el perdón en ti mismo? ¿Encontrarías la felicidad? ¿O fue solo una ilusión, una tregua para una noche aún más oscura? El encuentro Entre dos mundos: "El encuentro entre dos mundos" es un gran viaje del vidente aventurero y Renato. Se divide en dos partes que están en el pasado y en el presente respectivamente que buscan mostrar la importancia de la lucha por materializar nuestros ideales, sean cuales sean.

En la primera parte, viaje al sitio de Fundão, conociendo a uno de los responsables de una revolución en el pasado. Ayudado por él, el doble en cuestión se entrena hasta que desarrolla la visión, clave para la visión de la historia. Cuando están preparados, son sometidos a ella y viajan a principios del siglo 20 en el noreste, tiempo de opresión, injusticias y prejuicios y hambre. Todo el tiempo, observan el ejemplo de la población combatiente de la época, especialmente un grupo que participa activamente en la trama. Sin embargo, ¿tuvieron éxito absoluto en sus objetivos? ¿Desenmascararon a las élites? ¿O falló? Y, sin embargo, ¿consiguieron la fecha tan esperada de mundos tan disparadores contra las clases sociales, las opiniones, los estereotipos y el amor? Vale la pena comprobarlo. En la segunda parte, el doble realiza un nuevo viaje con el propósito de concluir sus trabajos y lograr el milagro más deseado. A partir de este, van a Carabais a buscar un segundo personaje del pasado y cuando lo encuentran, son sometidos a un nuevo entrenamiento. Cuando estés listo, aparece la segunda parte de la historia. En él, el lector se enfrentará a las siguientes preguntas: ¿hasta qué punto el problema social interfiere con el éxito? ¿Es viable persistir incluso después de varios fracasos? ¿Vale la pena privarse del amor debido a los prejuicios sin siquiera intentarlo? ¿Puede alguien que tiene un don considerarse especial o puede ser una locura?

Todo esto y mucho más lo comprobarás en la historia de Divine, alguien que busca el destino y el éxito que todos merecemos. El código de Dios: la historia comienza cuando Philip Andrews, un auditor agrícola marcado por una tragedia. Por una cosa del destino, encuentra un libro y un autor, y decide buscarlo. Al encontrarlo junto con su compañero de aventuras, deciden hacer un viaje al desierto lejano donde se supone que deben encontrarse con Dios y resolver sus problemas. Luego se realiza el viaje, encontrando dos guías en el camino que los llevan al lugar deseado, el desierto de Cabrobó. Al pasar por diez ciudades en el desierto, desarrolle una agradable charla entre ellos y sus respectivos invitados y, de repente, Dios comienza a hablar a través de guías que responden preguntas cruciales. Todo lo que se revele ayudará en el dibujo de la voluntad, un código dado por Dios y nunca descifrado en la historia humana y angélica. ¿Qué pasa? ¿Crees que Dios puede revelarse en situaciones extremas? ¿O es solo un delirio de todos los involucrados? Lee el testamento, un libro destinado especialmente a quien perdiste la fe en Dios, y saca tus propias conclusiones. Soy: 13 historias, un soñador, un joven y dos arcángeles en busca de la verdad. ¿Qué tiene en común un depresivo, un pedófilo, un yonqui, un jugador profesional, científicos, criminales, sexólogo, esquizofrénico y discapacitado? Ambos buscan reflexionar sobre sus acciones, sus caminos futuros junto al psíquico, un ser revolucionario y especial, en un gran viaje por el Nordeste brasileño.

Declarándose hijo de Dios, promete escuchar a todos, aconsejarles y darles valiosos consejos sobre cómo retomar la vida, mostrando con el tiempo su personalidad y la de su padre. "Yo soy" interno a cada uno de ellos y logrando este milagro, la verdad finalmente será revelada. "Yo soy" también representa un grito de libertad frente a las convenciones sociales, como lo que Jesús hizo en el pasado. "Yo soy" muestra a partir de estos cómo los seres verdaderamente humanos están en desacuerdo con aquellos que están acostumbrados a juzgar a los demás. Un libro que invita a la reflexión y que promete mucho; Guerra en los cielos: "Guerra en los cielos" es el sexto viaje épico del equipo de la serie el vidente. La trama se desarrolla en el planeta Kalenquer, portales dimensionales, el viejo y actual Sao Paulo., la guerra de los ángeles, y las reflexiones pertinentes. En el segundo, una profundización sobre los prejuicios que hoy provoca una guerra implícita en la humanidad. El objetivo del libro es descubrir un poco sobre el destino, nuestra historia, la realidad actual de la sociedad humana, y nos invita a tomar el control de nuestras decisiones y quizás cambiar viejos paradigmas. Y entonces lo imposible será posible; Sinopsis: Agujero negro es la séptima aventura de la serie "El Vidente" y promete mucha emoción, aventura y suspenso. Inspirados en la aventura revelada en Kalenquer, nuestros amigos buscarán entender el mayor reto de todos: "El agujero negro", un punto donde todo converge y cambia. Para lograrlo, es necesario superar el reto de las focas, algo nunca logrado por un ser humano. En este camino, encuentran un maestro, un viaje, desafíos, experiencias ricas, dolor, sufrimiento, reconocimiento, victoria y fe. Un libro que le inspirará a ser un ser humano más activo, conectado con Dios y con el buen conocimiento. Les deseo a todos una buena lectura; Marte oscuro: En su octavo viaje, el vidente busca el conocimiento de la religión. En este nuevo camino, encuentra un ser especial y, ayudado por sus amigos, entra en un entrenamiento cuyo objetivo es revelar la historia de posguerra de Crovos. ¿Qué habría pasado y qué implicaciones tendría esto para ellos en el presente? Vale la pena comprobarlo; Las Voces de la Luz: El vidente encuentra en un viaje rutinario los elementos clave para tener conocimiento de la luz, es decir, ser el maestro de la Luz. Gracias a dos extraños, seguramente desentrañará una historia oculta desde una perspectiva histórica. ¿Vamos a verlo? Marcas de heridas: Todos llevamos marcas importantes, de dolor y consternación ante los acontecimientos de la vida. Qué hacer con esto es lo que muchas personas se preguntan. Las marcas de herida aportan un guion y al mismo tiempo respuestas a sus preguntas más inquietantes. Es un libro muy recomendable para aquellos que aún no han encontrado el camino hacia la felicidad; Soy un fruto de la tierra: soy un fruto de la tierra es un rescate a nuestros orígenes, una cultura indígena olvidada por la gran mayoría. Entrando en un universo mágico, averigüemos por qué algunos hechos históricos y la realidad actual de los brasileños. Es un libro que inspira la reflexión y la toma de decisiones frente al universo contradictorio de nuestra sociedad. Les deseo a todos una buena lectura; El testamento contemporáneo: El testamento contemporáneo eran mensajes de sabiduría relacionados con el contexto bíblico para ser aplicados en el contexto actual. No pierdas la oportunidad de conocer mejor la voluntad de este padre amoroso y soberano; La Palabra Revelada: La Palabra Revelada es un conjunto de textos que tienen como objetivo aclarar los diversos temas de la vida. Inspirados por Dios, estos pensamientos cortos te inspirarán a tomar decisiones importantes que te llevarán al camino correcto. Está destinado a aquellos que están cansados de las tormentas de la vida.

Al igual que los buenos amantes de los libros que lo fueron, obtienen la dirección del sitio web de los libros impresos y se prometen a sí mismos comprarlos tan pronto como tengan la oportunidad. ¿Quién sabe que cumpliría su sueño de ser inmortalizado en un cuento por ese querido autor? El mundo es realmente maravilloso porque eso era precisamente lo que estaba sucediendo.

Deambulan un poco más por la librería, ven otros títulos y cuando se cansan, finalmente salen a buscar la siguiente celda. Como todo estaba cerca, no tienen que trabajar duro y con unos pocos pasos se detienen en el cibercafé. Correcto, le piden al camarero algo para beber y mientras esperan, intercambian alguna información.

"Siento que Dios ha consagrado este lugar oscuro por una buena causa. En el pasado, las almas sufrían aquí por sus pecados y a veces injustamente. Hoy, gradualmente, este aspecto pesado ha sido reemplazado por la alegría, la satisfacción, la esperanza y sobre todo el conocimiento. (Beatriz)

"Cierto. Esto me recuerda un poco a mi historia personal, especialmente a mi separación. Buscando un sueño, mi esposa me dejó y todo lo que hemos visto aquí muestra cuánto buscan los seres humanos su satisfacción personal e individualidad. ¡Realmente disfrutándolo todo, mi hechicera! (Roberto)

"¡Eso es bueno, mi chamán! Tratemos de vivir más la vida juntos y dejemos que el destino decida el resto.

"O, mejor dicho, que nuestras elecciones nos lleven al camino correcto.

"¡Amén!

La cerveza y el jugo llegan traídos por el empleado educado que amablemente sirve a la pareja. En unos momentos, beben el líquido y se sienten mejor. Es tono pasa desapercibido según esa traviesa Wicca, pero ella trata de ocultar su interés y se disculpa interiormente con Dios por la mala idea de tomar a ese hombre por ella. Ella se aleja y está más tranquila, esbozando una sonrisa para el novio que no nota nada. Como los hombres eran tontos a veces y las mujeres eran traviesas. Lo recíproco también es cierto dependiendo de la situación.

Pasan un buen rato hablando, respirando un poco y disfrutando del ambiente tranquilo y acogedor del lugar. La casa de la cultura era realmente una gran alternativa para descansar para una vida generalmente ocupada en la capital. Bueno, para esa pareja ilustrada, divertida, misteriosa e importante en la historia de la literatura nacional.

Esa etapa de diversión había que disfrutarla en todo momento como si no hubiera otra. La vida es así, un intenso movimiento de idas y venidas, y no sabemos exactamente nuestro punto final de descenso. Lo importante era vivir ahora sin mayores preocupaciones, y sabiamente lo estaban haciendo.

Aunque esto no garantizaba la felicidad eterna, estos eran momentos importantes que permanecerían en la memoria de ambos para siempre. Podrían luchar, separarse, permanecer juntos para siempre, ser solo amigos, aislarse del mundo, buscar una religión o retirarse en su aspecto interno. Independientemente de lo que sucedió, la experiencia actual era válida.

Sin embargo, aún quedaba mucho por saber dentro de ese edificio y cuando se sienten cómodos, se levantan de la mesa, pagan los gastos y vuelven a caminar. Está a solo unos pasos de la siguiente atracción, la investigación y la sala de cursos. Con una buena biblioteca, con mesas y sillas y ordenadores conectados a internet, el lugar transmite una interesante aura mística. Es el lugar perfecto para transmitir y recibir conocimientos a través de cursos, investigación escolar o incluso relajarse un poco. Pasan minutes allí hojeando libros de texto y divirtiéndose. Al final, desean suerte a todos los que pasaron y tuvieron la oportunidad de aprender allí.

Ahora la siguiente parada está en el siguiente bloque, a la derecha. Caminando lentamente por la estrecha galería que daba acceso al lugar, quedan encantados con las obras de arte expuestas en la pared y las esculturas de artistas locales. Hubo artesanías de todos los municipios del estado, piezas en barro y cerámica del Maestro Vitalino: Muñecas, ajedrez, Juego de Damas, maracatu, frevo, imágenes y santos de madera, Piezas de cuero: Bolsos, sandalias, sombreros, bordados para cama, mesa y baño, dulces renacentistas, dulces de algodón, hamacas, edredones, cortinas, cojines, labor de retazos, encaje de filetes, xilografías, bordados en camisetas, trajes de baño utilizados en bikinis, pareos, sandalias, galería de arte plástico, imanes de nevera, llaveros y muchos otros recuerdos. En cuanto a la gastronomía, cabe mencionar el roll cake, los anacardos, el azúcar moreno, la miel de caña de azúcar, la tapioca, el pastel de maíz dulce, la cachaça.

En medio de una satisfacción extrema, llegan al espacio que alberga el teatro. Compuesto por un escenario, auditorio y camerinos que insisten en visitar cada espacio. En el auditorio, se imaginan a sí mismos como espectadores de un gran espectáculo. Así es como Dios está relacionando el universo en general. Observa y protege a todos en cualquier situación. Cuando caminan un poco y suben al escenario, se sienten como actores reales que actúan en la vida real. Paralelamente, Dios coloca a los hombres en el mundo para dar fruto a través de sus obras para bien o para mal. Esta elección resultará en felicidad eterna, sufrimiento perpetuo o estabilidad. Cada uno es responsable de su camino teniendo la responsabilidad de ser parte activa, el autor de su historia. Caminando un poco más lejos, tiene acceso a los vestuarios, y es allí donde sienten el peso y la responsabilidad de haber hecho un buen trabajo. La alabanza es buena para nuestro ego, pero halaga el alma. Misión cumplida y sentirse útil, deje los honores a Yahvé que creó todo con maestría. Este sí es digno de todo honor, gloria, soberanía y admiración por los siglos de los siglos.

A partir de ahí, viven buscando el próximo entorno. Al lado, tienen acceso a otra celda que ahora alberga el Ballet Popular de Recife. Llegan al momento exacto del entrenamiento de los bailarines. Disfruta del espectáculo en su totalidad y saludarás especialmente a un joven que te llamó la atención. Iniciar inmediatamente la conversación.

"Pensé que todo era precioso. ¡Felicidades, chico! (Roberto)

"Gracias. (Bernardo Gomes)

"¿En qué te inspiras para traernos tanta alegría? (Beatriz)

"En mi historia personal. (Bernardo)

"Muy interesante. ¿Podría compartir esto con nosotros? (Beatriz)

Bernardo estuvo pensativo por un momento. ¿Era digno de confianza abrir su corazón a dos simples extraños? Últimamente, se sentía muy solo y todavía con dudas sin poder desahogarse con nadie porque no conocía amigos. Bueno, ¿qué haría mal? Dos eran ángeles enviados por el Señor para aliviar sus dolores más antiguos. Por lo tanto, se arriesgaría.

"Soy del municipio de Sierra tallada, un municipio ubicado en el interior del estado. De origen humilde, soy el menor de un total de tres hermanos. Se logra fácilmente y eso es lo que da el placer de la conquista. Mi padre y mi madre me criaron con los buenos preceptos que debe tener un hombre. Entre los dos, estoy más cerca de mi madre que siempre me ha apoyado en todos los sentidos. En los momentos menos convenientes. Como éramos una familia de agricultores, todos tenían que colaborar ayudando en los campos de casa y yo no era la excepción. Esta fue una demanda que mi padre hizo para que pudiera seguir estudiando. Hasta ahora, bien. El problema ocurrió cuando mostré interés en el arte, específicamente en el balé. Totalmente en contra, mi padre incluso me sacó de la escuela. En su opinión, podría convertirme en un maricón si persistiera en mi intención. La comprensión de mi madre, pude salir de la casa y perseguir este sueño. Actualmente estoy aquí haciendo este trabajo que ustedes podrían disfrutar.

"¡Qué maravilloso, chico, felicidades por tu coraje! (Roberto)

"¡Gracias! (Bernardo)

"Fue un placer conocerte. Tu trabajo es hermoso. Ahora tenemos que ir a ver más cosas en este hermoso lugar. (Beatriz Rosembar)

"El placer era todo mío. Que tu amor dure para siempre. (Bernardo)

"Amén. (La pareja)

"Oraremos por su paz personal y la de su familia. (Roberto)

"Gracias. Lo recíproco también es cierto. (Bernardo)

"Adiós. (Beatriz)

"Hasta otro día. (Bernardo)

"Adiós. (Roberto)

Al salir de la habitación, buscan el siguiente punto interesante del lugar. Caminando un poco y recogiendo información aquí, allá y allá, llegan al centro de entrenamiento de capoeira que se encuentra en una parte privilegiada del edificio: Un lugar amplio, amplio y ventilado, perfecto para la práctica deportiva.

Capoeira, el término tiene dos derivaciones etimológicas probables: En el sentido de "Cesta" utilizada por los esclavos para transportar aves tapadas a los mercados. Se cree que en las zonas bajas donde se practicaba la agricultura, era la forma en que los esclavos escapaban de los capitanes del bosque.

Históricamente, esta tradición tiene sus orígenes en la región sur de la actual Angola (África) donde la capoeira se utilizaba como danza en las festividades de iniciación de los jóvenes a la vida adulta. Si ganaron la pelea. La capoeira se introdujo en Brasil con la llegada de los portugueses y la posterior esclavitud de los africanos negros.

Los negros vivieron en Brasil un régimen de trabajo forzado e impusieron la aculturación, siendo la capoeira una forma de expresión de su revuelta contra el gobierno y los coroneles dictadores. Todo esto para avanzar con la caña de azúcar representando la principal riqueza de la colonia. En ese momento, las grandes granjas con mano de obra esclava eran comunes. Trabajaron exhaustivamente todo el día y aun así sufrieron castigos humillantes. Es en esta realidad que la capoeira, más que un baile, representaba un arma y una esperanza de libertad.

La resistencia negra contra la esclavitud está representada por los quilombos, lugares de difícil acceso que albergaban a negros fugitivos. Además de los negros, también recibieron indígenas e incluso europeos rebeldes. La vida en los quilombos era básica, pero ofrecía libertad y el rescate de la cultura africana. En este contexto, la capoeira, además de una necesidad individual, representaba un poderoso arte marcial contra enemigos e invasores.

El quilombo más grande y famoso fue el de las palmeras que resistieron durante más de un siglo los ataques de las tropas coloniales. Incluso sin tener armas y en un número menor, los negros lucharon heroicamente contra las fuerzas enemigas durante al menos veinticuatro veces.

Con la llegada de la corte portuguesa a Brasil, finalmente, la colonia comenzó a desarrollarse. Con Brasil teniendo relaciones con países amigos, las principales ciudades crecieron en importancia y la industria comenzó a desarrollarse. La práctica de la capoeira se registró en ciudades como Salvador, Río de Janeiro y Recife.

A finales del siglo 19, la esclavitud negra se hizo impracticable debido a la huida masiva de negros y sus ataques a grandes propiedades. El 13 de mayo de 1988 se promulgó la Ley de Oro, sancionada por la princesa Isabel.

Sin embargo, esta libertad no permitía a los negros ejercer plenamente su ciudadanía. Abandonados por el estado, no tenían ninguna posibilidad de trabajo, generalmente eran despreciados por otros y comúnmente llamados vagabundos. En consecuencia, no tenían calidad de vida. El trabajo europeo y asiático dejó a los negros marginados y su arte, la "Capoeira" también. Aquí es donde comienza una trayectoria un poco oscura de esta tradición. Guardaespaldas, mercenarios, asesinos, matones e incluso grupos de exterminio. Con esto, la capoeira fue prohibida en Brasil en todo el territorio a través de un decreto en el año 1890.

Con la prohibición, cualquier persona sorprendida usando capoeira era arrestada, humillada, torturada e incluso mutilada por la fuerza policial. Una vez más, la práctica estaba en la oscuridad, obligando a los practicantes a aislarse y esconderse en todo momento.

En los años treinta, cuando la persecución de los artistas de Capoeira ya era menor, se produjo la fundación de la primera academia de capoeira de la historia por el gran Maestro Bimba en la ciudad de Salvador. Excelente conocedor de las artes marciales convirtió la capoeira más centrada en el combate insertando otras técnicas como el beat. Para escapar de la prohibición impuesta por el código penal, llamó a su estilo la Lucha Regional de Bahía. Todavía en este período, creó el Centro de Cultura Física y Lucha Regional con una licencia de agencias gubernamentales. Hubo fuentes de las más diversas clases económicas y sociales, que culminaron con la despenalización de la capoeira a principios de los años cuarenta. Por lo tanto, comenzó una nueva fase para los artistas de Capoeira.

Sin embargo, este avance debido a la popularidad de Máster Bimba no fue bien visto por las llamadas capoeiras tradicionales que continuaron siendo mal vistas por la sociedad. Con el objetivo de preservar la cultura africana y cambiar un poco esta situación, el Maestro Patinha fundó el Centro Deportivo de Capoeira Angola. Ubicado en Pelourinho en El Salvador. El lugar atrajo a varios artistas de Capoeira que buscaban preservar la capoeira de la manera más original posible. Este estilo de capoeira se ganó el apodo de "Capoeira Angola".

Actualmente, la capoeira es una verdadera expresión cultural brasileña exportada a todos los continentes y sus presentaciones internas y externas son un verdadero espectáculo en eventos especiales. Anualmente, más personas buscan conocer y practicar este arte que es un símbolo de la cultura afrobrasileña, del mestizaje de los grupos étnicos y la resistencia contra la opresión. Es considerado Patrimonio Cultural Inmaterial de Brasil.

Es en este contexto histórico que la pareja se enfrenta a algunos practicantes que muestran su arte en el patio del lugar antes mencionado frente a una audiencia atenta. Los acróbatas utilizan sus técnicas y sus golpes como patadas giratorias, barridos, florituras, manuales, cabezazos, esquivas, saltos mortales, giros y movimientos elásticos con mucho balanceo. Hermoso y al mismo tiempo peligroso para los practicantes. Al final del espectáculo, gracias a Dios, nadie se lastima debido al cuidado de los participantes. Los artistas de Capoeira son recibidos por el público, y luego termina la sesión.

No había más atracciones importantes en el día, por lo que deciden terminar el recorrido. Caminando hacia atrás, se sienten más ligeros en alma por todo lo que vieron y escucharon en ese fantástico lugar. Echando la última mirada hacia atrás, se despidieron del centro cultural más grande del estado, prometiendo regresar más a menudo. Un poco más tarde, tienen acceso a las calles, regresan al coche e inician el viaje de regreso con una gran disposición para descansar y reflexionar sobre los últimos acontecimientos. Para conocer más de esa metrópoli del noreste pronto. Mientras tanto, retomarían su rutina habitual.

Nada sería como antes. Respirar y vivir ese espectáculo que era la cultura nororiental había tocado sensiblemente ambos corazones. Es una pena que esta riqueza no siempre se valore en nuestra vida cotidiana. A menudo valoramos las tradiciones externas más que las nuestras. Esto es probablemente el resultado de la globalización y las distorsiones socioeconómicas existentes en el mundo que se superponen a la cultura de los más ricos y los más fuertes perjudicando a la nuestra. Este es un proceso continuo que ha estado ocurriendo durante mucho tiempo. Si hubiera una palabra que pudiera describir ese santuario, sería "Rescate de tradiciones".

En cuanto al compromiso en sí, cada momento juntos y nuevos descubrimientos se sentían cada vez más íntimos e interconectados. El compromiso estaba madurando y tenía perspectivas de un compromiso más serio en el futuro. Sin embargo, como ellos mismos decían, hoy en día, lo más importante era disfrutar del momento sin mayores preocupaciones. Ni ellos ni nadie más sabía lo que les esperaba para mañana.

Llevando la inconstancia en sí, en el camino de regreso, juegan, se enfrentan al tráfico congestionado de la capital, llenan su automóvil, observan la arquitectura urbana, permanecen un poco en silencio guardando el miedo interno que no querían que nadie supiera, hacen planes, consideraciones y promesas de mejorar en todos los sentidos. Estar en la compañía del otro en el planeta tierra fue un regalo dado por el creador. Aquí, estaban aprendiendo y enseñando entre sí y con los demás. Sin duda, eran merecedores de lo que se mencionó después de tantos problemas, obstáculos y desafíos.

Al llegar a casa, se estacionan en el auto en las instalaciones del edificio, suben al ascensor sufriendo un calor infernal junto con otras personas y, al salir, encuentran el apartamento en el mismo estado en que se fueron. Pasan por la sala de estar y se dirigen a la cocina. En este ambiente, toma la comida de la nevera y ponla en un recipiente de aluminio para calentarla porque tenían hambre y porque era hora de cenar. Encienden la estufa de gas y prestan atención a la comida para que no se queme. Devoran la comida en cuestión de minutos.

Poco después, van a su habitación y en este nuevo ambiente van a hacer el amor y descansar en la habitación. Cuando se agotan, finalmente se van a dormir.

Problemas en el trabajo

Un nuevo día amaneció y con él llegaron nuevos desafíos, miedos, ansiedades, un poco de desesperación y tranquilidad en conflicto en sus corazones felices. Esos dos, desde temprana edad, buscaron cumplir con sus obligaciones familiares y cuando terminan, tienen que enfrentar la despedida y en esto prometen reencontrarse pronto. ¿Por qué no habían asumido públicamente la relación y vivido juntos de una vez por todas? Creo que esto se debió a la inmadurez de la relación. Entre ellos y un poco de precaución para no lastimar a nadie. Como en cualquier situación, para comenzar un proyecto, es necesario diseñar primero la cimentación y luego pensar en la estructura.

En la despedida amistosa, hay un beso, un abrazo y una caricia. Los dos toman el ascensor y al dejarlo ya en la zona exterior, cada uno toma su curso con el objetivo de trabajar en diferentes lugares. Sería una especie de novio llevar a la niña al trabajo, pero esto nunca sucedió, y ella sabía cómo entender. Trabajaban en lugares opuestos de la ciudad y si Robert se mantenía ocupado perdería horas de trabajo con consecuencias incluso de despido.

La bruja comienza a caminar un poco hacia la siguiente parada de autobús. En el camino, comienza a pensar un poco en sí misma, en su familia y en sí misma. Con nueve meses de experiencia en la capital, ya se ha acostumbrado a toda una vida corriendo, mecánica, desafiante y altamente motivadora. Todo es muy diferente de su pasado, de una vida sencilla en el campo ambientada en un contexto natural. Para alcanzar su objetivo final, que era graduarse, comenzar una vida laboral y calificar para un probable matrimonio. Como dice el refrán, el fin justifica los medios y los esfuerzos.

En algún momento de su trayectoria, siente un estremecimiento en su cuerpo y las lágrimas comienzan a rodar por su rostro. ¿Qué significó eso de sentirse tan fuerte? Ciertamente, algo importante iba a suceder en su futuro cercano o lejano que podría cambiar por completo su forma de ver la vida. Algo que impacta siempre tuvo un lado positivo y otro negativo. El tiempo y la búsqueda de crecer en continua evolución fueron el punto principal de la historia. Estar preparado para estos eventos fue el tema crucial para la mayoría de las personas.

Pero...... Una cosa era cierta...... Beatriz aún no estaba lista...... Todavía confundida por la sensación, va un poco más allá y ya se está acercando a la parada de autobús más cercana. Durante cinco días a la semana tomó este agotador viaje y se culpa a sí misma por no haber tomado su licencia de conducir todavía. Y comprar un auto le daría una libertad que no creía posible. La ventaja era ganar independencia, y la desventaja era tener una mayor responsabilidad contigo mismo y con otras personas que conducía.

Al llegar a la estación de vehículos, no espera más de cinco minutos y aborda el autobús expreso que la llevaría a trabajar en el mismo vecindario. Al acercarse a la cabina del conductor anuncia un robo. Les pide a todos que se calmen mientras limpia las pertenencias personales de los pasajeros. La acción es rápida y no dura más de cinco minutos y al final el ladrón salta del medio de transporte, desapareciendo en medio de la multitud sin dejar rastro. Suficiente para que nuestra querida amiga pierda su bolso con sus pertenencias personales no solo de valor económico sino también de afecto. Por suerte, no había pasado nada más grave. Así era la vida, y eso era precisamente lo que importaba.

El viaje continúa normalmente con nuestro personaje saliendo en su punto justo delante. Antes de eso, paga el boleto, calma al conductor por el hecho anterior y promete pagar el boleto nuevamente. Había sido traumático y vergonzoso pasar por esto por primera vez. Llamando por teléfono a su novio diciéndole el hecho, él promete actuar y aunque desde la distancia, trata de conformarse y tranquilizarla. Recibe la promesa de que este hecho no se repetiría.

Desde la salida al trabajo, hay unos metros más que parecían ser kilómetros debido al drama del día. Al llegar a la tienda de ropa, saluda a los empleados y se dirige a su habitación privada donde su asistente de personal, Raquele Gomes, ya la estaba esperando. Tan pronto como entra en la oficina, saluda a su colega y comienza el día de trabajo.

No pasa mucho tiempo antes de que una peculiar conmoción llame su atención y cuando revisa a través de la ventana, comprueba la ocurrencia del segundo robo del día. Recogen buena parte del dinero y se van rápidamente sin lastimar a nadie. Es bueno que al menos todos tuvieran sus vidas a salvo. Actitud correcta.

La tarea de Beatrice como jefa era calmar los ánimos de los demás y toma una medida urgente: llama por teléfono al dueño solicitando refuerzo de seguridad y se le asegura que su solicitud sería apreciada con cariño. Al final de la llamada, se concentra en el trabajo sin mayores preocupaciones. Al final del turno, hace una breve reflexión sobre el día y concluye que realmente había sido traumático, una fecha para olvidar. Tenía toda la razón. El optimismo es un elemento clave que podría llevarlo a su plena realización.

Una vez cumplido el tiempo, se despide de los demás y cuando llega a la zona exterior, se lleva una gran sorpresa: su amor viene a su encuentro y la lleva a su vehículo privado. Solo a partir de ahora. Los dos entran en el medio de transporte y comienza el pequeño viaje de trabajo a casa. En el camino, cada uno habla de cómo fue el día y lamenta conjuntamente los malos hechos que sucedieron. Lo importante en ese momento era reconstruirse, buscar soluciones, tratar de reducir los riesgos y conectarse más con la espiritualidad. Es cierto que cuando los seres humanos se entregan completamente a lo divino, siempre les suceden cosas buenas a sí mismos y a los demás a su alrededor. De una fe irrestricta e inmaculada, pocos cumpliendo las condiciones necesarias para ello.

A los pocos minutos de viaje, llegan cerca del edificio que albergaba el apartamento de la niña. El coche está aparcado, bajan y, amablemente, su pareja la llevará al domicilio. Parada, están en el vestíbulo del piso donde se encontraba el apartamento. Cuando llegan a la puerta, giran la llave y tienen acceso a la zona interna. Juntos y hacer el amor. Después, descansa. Solo se separan cuando el mago va a la universidad, y regresa a la región de buen viaje donde trabajó y vivió.

En la escuela, completó su trabajo escolar dentro del rango normal y rápidamente se destacó entre los demás. Había estado en la capital durante diez meses y el período escolar casi había terminado. Se llenaron de experiencias vividas. Sin duda, ella continuaría buscando sus sueños. Al final de la noche, como de costumbre, una de sus amigas la llevará a casa donde ella, cuando llegue, solo piensa en estirarse en la cama y olvidarse de todo. Sin embargo, una nota cerca de su puerta, probablemente entregada por el cartero, la hace temblar. ¿Cuál sería? Cuando abre el sobre, tiene la respuesta. Se encontraron desempleados en necesidad de ayuda y justifica que este no era un asunto que se tratara por teléfono. Si es posible, pide una ayuda mensual para ayudar con los gastos de la casa. En un papel captado en la oficina la respuesta a la solicitud. ¡Listo, ahora podría descansar en paz y que lleguen nuevos días!

Vacaciones en Olinda

Iglesia y Monasterio de San Benito

La rutina de la pareja continuó sin mucha novedad en el mes. Planean viajar juntos en enero, ya que este es el período en que estarán de vacaciones del trabajo y la escuela. El tiempo pasa rápidamente y pronto llega el mes deseado. El destino elegido es la cercana ciudad histórica de Olinda, la primera capital de Pernambuco.

Fue el 2 de enero cuando hicieron las maletas y salieron temprano saliendo del apartamento, bajando por el ascensor, accediendo a la zona exterior y tomando la carretera PE 15. Iniciaron una ruta que tendría aproximadamente ocho kilómetros y cuatrocientos metros. Charlando de la mejor manera posible, observando el rústico paso urbano del conglomerado urbano que forma la metrópoli más importante del noreste y haciendo planes para el viaje previsto para cuatro días. Sería una gran oportunidad para una pequeña distracción.

Merecían esta oportunidad única que sería el primero de muchos viajes juntos si Dios lo permitiera. Hicieron bien en dejar todo atrás: los problemas, las preocupaciones, las injusticias, los miedos, la vergüenza y el prejuicio de los demás. Reunirían inspiraciones, fe, esperanza y sueños juntos. Fue una nueva oportunidad para que conocieran un poco más sobre el Gran Recife.

En un tiempo récord de quince minutos, completan el recorrido y tomando indicaciones de los lugareños llegan al hotel donde estaba programada su estadía. Y solo entonces subir al primer piso donde se encontraba su habitación. En la primera habitación de la derecha, se acomodan, se duchan bien juntos, se ponen ropa limpia, bajan las escaleras, se dirigen a la cafetería donde toman un refrigerio reforzado e inmediatamente salen en busca del primer lugar turístico.

Gracias al auto y partiendo desde el centro de donde se encontraban, recorrerán importantes calles y avenidas, rumbo a la calle San Benito, barrio Varadero. Más conflictos internos. El primer punto para visitar fue el conjunto arquitectónico barroco que fue catalogado y, junto con el centro histórico de la ciudad, fue declarado Patrimonio de la Humanidad por la UNESCO. En concreto, iban a visitar la Iglesia y monasterio de San Benito.

En el camino se enfrentan al tráfico normal de una gran ciudad, son detenidos por una manifestación, dan limosna a un grupo de niños de la calle, rezan una oración y continúan durante mucho tiempo. En pocos minutos se encuentran frente a un complejo arquitectónico extremadamente importante para la historia de Brasil formado por la Iglesia y el Monasterio de San Benito.

El magnífico edificio se extiende por unos metros de ancho, largo y grosor con una imponente torre en el lado derecho y en el lateral un frente con tres puertas de entrada, dos ventanas y en el centro del frente una figura magistralmente dibujada que forma la Iglesia. En el lado izquierdo, un mausoleo con mini habitaciones con entradas y ventanas rústicas que forman el monasterio. Para saber sobre esto, volvamos a la historia.

Al comienzo del período de colonización portuguesa en Brasil, la orden de San Benito llegó a Pernambuco por invitación del tercer concesionario de la capitanía, Jorge de Albuquerque Coelho, con el objetivo de establecerse en la colonia. Algún tiempo después, se trasladaron a la Capilla de Nuestra Señora del Monte. En octubre de 1597 los monjes compraron una tierra llamada Cerámica. Se compraron algunos lotes más y luego comenzó la construcción de un monasterio.

Dos años más tarde, en 1599, el edificio fue terminado. Sin embargo, en 1631, fue destruido por un incendio debido a la invasión holandesa. Y eso es precisamente lo que estaba haciendo la pareja en cuestión. Caminando por el espacio interno, ven valiosas piezas artísticas como cenefas doradas, barandillas de jacaranda, pinturas que retratan la vida de San Benito, retratos de abades y otros maestros de la orden, así como muebles rústicos y refinados. La orden progresó financieramente en tierras brasileñas teniendo a finales del siglo 19 dieciséis casas, veinticuatro casas de un piso, edificios rústicos, una granja, un molino y una granja. Actualmente, el monasterio se mantiene por donaciones y por su patrimonio.

Después de un hermoso paseo por el monasterio, la pareja se traslada a un lado hacia la Iglesia, que también forma parte de este patrimonio histórico. Por un momento, se les deja apreciar la estructura externa del lugar. El diseño de la fachada es del albañil Francis Nunes Soares, presentando características sobrias con puertas bien talladas enmarcadas en piedra. El bajorrelieve tiene un escudo de armas de la Orden Benedictina. En el lado derecho, la única torre. Después de la contemplación, entran en el ambiente con la intención de decir una oración.

Al llegar al altar mayor, están en silencio, orando mentalmente para que todo funcione. No dejan de contemplar el valor histórico del lugar, realizado en madera de cedro y chapa de oro. Mirando al techo, ven pinturas que representan la vida de San Benito y sus seguidores, además de tres lámparas hechas de plata. Fue una invitación a sumergirse en el mundo pasado, exactamente al siglo XVIII. En este momento, la sangre ancestral de la Wicca hierve por recordar los tiempos oscuros de la Inquisición. Aunque muchas de sus hermanas habían sido injustamente condenadas y quemadas vivas, Beatriz no podía odiar a todas esas figuras memorables de la Iglesia Católica. Sintió respeto, una fuerte conexión y mucha luz.

Al acercarse a la nave, notan que contiene una plataforma·elevada con dosel y altares laterales con imágenes datadas de la época de su construcción. La imagen de Nuestro Señor Jesucristo rodeado de varios ángeles y por el Niño Jesús de Olinda en esplendor destaca en el coro dando a ese ambiente un aspecto mayor de sagrado. La pareja se siente abrazada y bendecida por esas fuerzas del bien. Si Dios está a favor de nosotros, ¿quién estará en contra de nosotros? ¿Quién es como Dios? Podría evitar que sientan la felicidad de estar allí.

Un momento después, se alejan de allí y con unos pasos bien dados llegan a la sacristía. Es considerado el más importante de Olinda con muebles hechos de cedro y espejos y paneles dispersos en las paredes y el techo que representan la vida del Santo Honrado. También hay una pintura de San Sebastián traída de Portugal, así como un retablo y una tabla de Nuestra Señora de los Dolores. Estaban a un camino del primer lugar turístico en el camino de salida. La situación espiritual se había renovado con la experiencia. Superando el obstáculo, caminan un poco más lejos y por la misma calle se acercan a otro punto histórico.

Palacio de los Gobernadores

Es el palacio de los gobernadores, sede del ayuntamiento de Olinda. En pocos pasos, ya están frente a ese colosal edificio caracterizado por ser un edificio grande, expansivo y con longitud normal en un total de dos pisos con arquitectura colonial típica. Hay una entrada larga con siete ventanas en el primer piso y seis en el primer piso.

El sitio fue construido en el siglo 17 después de la restauración del estado. A principios del siglo 19, recibió la Asamblea Constituyente y Legislativa de la Confederación del Ecuador. Hubo varias reformas con el edificio ganando contornos neoclásicos. Entran en el edificio para conocerlo mejor. Están encantados con la disposición de muebles, pinturas, decoración en general y la estructura de la misma con pisos suave, escalera de cedro y piso de mosaico. Suben al primer piso desde las escaleras y se sienten completamente seguros a pesar de que el edificio es tan antiguo. Esta es una prueba de que las cosas viejas son más duraderas y confiables. Todo es excelente e instructivo, haciendo de la caminata del día una verdadera aventura en busca de conocimiento. Caminan unos metros. En pocos segundos, alcanzan la meta, que es regresar al vehículo. Entran en la parafernalia tecnológica y se inicia el inicio buscando el siguiente punto programado del día.

Museo de Arte Contemporáneo de Olinda

Solo hay ochocientos metros para recorrer en curvas en las estrechas calles de la ciudad. El corto período de tres minutos se desarrolla en silencio, mostrando un aspecto de nerviosismo, esperanza y ansiedad con mucha disposición que relata nuevos descubrimientos. Se suben al vehículo y caminan unos pasos más, ya están frente al monumento cultural.

Se trata del Museo de Arte Contemporáneo de Pernambuco, un edificio histórico de gran relevancia cultural con una entrada principal, dos agujeros laterales en el primer piso y cuatro ventanas en el primer piso. El edificio está catalogado por el Instituto del Patrimonio Histórico y Artístico Nacional y fue inaugurado el 23/12/1966 con el objetivo principal de preservar, estudiar y difundir la cultura del estado de Pernambuco que forma parte de la colección además de promover actividades educativas, culturales y recreativas.

No toma mucho tiempo, y ya ingresan al sitio. Acuden directamente al panel expositivo que, según sus investigaciones, estuvo conformado por más de cuatro mil obras que reúnen la producción artística contemporánea y moderna del país, dando prioridad al regionalismo local. Hay un total de quince colecciones con obras de artistas de renombre. Entre los más destacados se encuentran: Portinari, Cicero Dias, Eliseu Visconti, Djanira, Telles Junior, Wellington Virgolino, Di Cavalcanti, João Câmara, Guinard, Adolph Gottielib, Burle Max, Tomie Ohtake, Lasar Segall, Manaus Mabe, Ladjane Bandeira, Montez Magno, Almeida Júnior, Francis Brennand y muchos otros. Una imagen que realmente llama la atención es "El entierro" de Portinari. Fijar su mirada en la imagen de cuatro hombres cargando el ataúd le da a ese dulce mago un sentimiento de tristeza y pérdida nunca antes sentido. ¿Qué iba a suceder en el futuro? Lo que sea que sea lo suficientemente fuerte como para tener consecuencias definidas en sus vidas y en las de quienes los rodean. Mirando la imagen, reza una oración en la esquina. De repente, siente la presencia espiritual y el estigma de aquellos que fueron martirizados allí. La religión a menudo injustamente. Los líderes cristianos trataron de imponer sus creencias y puntos de vista a la población en general, y los llamados rebeldes fueron castigados ejemplarmente.

Sintiéndose mal consigo misma, nuestro dulce personaje le pide a su compañero que salga, y su petición es aceptada. Caminando en pasos cortos y seguros, finalmente pasan la salida y para concluir el recorrido hacen una parada rápida en la Capilla de San Pedro y en la plaza Assis Chateaubriand, ambas frente a la sede del museo. Rezarán un rosario en la primera y tomarán fotografías en la segunda, terminando estas etapas en una hora. El recorrido que resultó ser fascinante. Al llegar allí, entran en el medio de transporte y reanudan el viaje.

Iglesia de Gracia

Desde donde estaban, ahora se dirigen al barrio de Carmo, también en el centro histórico de Olinda. En el camino, comentan sobre la etapa anterior y terminan discutiendo la duración de la estadía en el evento, ya que la niña dijo que necesitaba más tiempo en lo sagrado. La rubia recorre la situación explicando que hay muchos puntos que visitar y el tiempo de vacaciones es muy corto. El compañero parece estar contento y ya no habla del tema. Este hecho le recordó a su exmujer y con su machismo de armario acaba concluyendo que algunas mujeres eran iguales en cuanto a complicar lo simple.

Sin embargo, había algo diferente en aquella mujer que capturó su corazón: un misterio, la magia de los antepasados, la dulzura, la delicadeza, la fe y la firme convicción de que los fines justifican los medios. No sabía si todo esto era bueno o malo, solo sabía que quería estar a tu lado viviendo este momento tan notable. Esta fue la fase actual de los dos.

Ella simplemente tenía con ella la magia de hacerle olvidar sus problemas y su pasado atormentado. Digamos que lo recíproco también era cierto. Uno completó el otro con defectos y cualidades, pero esto no significaba que un matrimonio entre los dos funcionaría. El futuro resultante de sus acciones podría proporcionar una respuesta a esa pregunta.

Avanzando sin pensar en nada más, ya se están acercando a su destino. El punto deseado estaba ubicado en la calle Obispo Coutinho, distrito de Carmo, y era una iglesia histórica en la ciudad. Ellos caminaron unos metros más, permaneciendo frente a la arquitectura histórica, la Iglesia de Nuestra Señora de las Gracias.

Recordando la historia, se sabe que este fue uno de los primeros edificios religiosos que se erigieron en el país. Inicialmente siendo solo un oratorio de tierra apisonada, era parte de una propiedad donada a los jesuitas para la catequesis indígena. Un colegio y un jardín botánico también fueron construidos en el anexo.

En el año 1567, la típica construcción de madera fue reemplazada por una de mampostería. Años más tarde se amplió. Con el incendio que ocurrió en la ciudad en 1631, el edificio fue seriamente dañado, pero los valiosos artefactos fueron recolectados y mantenidos a salvo de saqueos. Más tarde, esta riqueza acabó perdiéndose en un barco atacado por piratas en el que un sacerdote portugués era el guardián de estas piezas. Como dice el refrán, coloque tesoros en el cielo porque en la tierra los ladrones roban o las polillas y el óxido se corroen.

Más tarde, entre 1661 y 1662, la iglesia y el colegio fueron reconstruidos. Los jesuitas fueron expulsados de Portugal y durante un tiempo, el complejo fue desactivado. La pequeña y rústica Iglesia tiene una fachada siguiendo un modelo sencillo con un solo orificio de entrada y salida. Nuestros augustos personajes entran en su interior y se asombran de lo que ven. Madera sostenida por columnas fuertes y bien hechas. Las capillas se distribuyen por los lados, junto al arco de cruce y destaca significativamente el presbiterio. El techo está forrado con vigas del siglo 17 y las paredes conectadas a él tienen dibujos interesantes, finamente trabajados.

Caminando un poco más hacia el interior, la pareja observa la decoración de las capillas en el crucero, los altares son simbólicamente antiguos. Este es un lugar sagrado y además de pedir protección especial, piden para los huérfanos, los enfermos, las viudas y los niños de la calle. Junto al presbiterio, pasan por el tabernáculo, el altar y sostienen el crucifijo pidiendo más gracias. Ya son libres y aceptan salir y encontrar un lugar para almorzar.

Como todo es pequeño allí, con un poco de esfuerzo, caminan alrededor de la Iglesia en una ceremonia de despedida y finalmente tienen acceso al entorno externo después de un tiempo razonable. En el lado izquierdo, encuentran un lugar cómodo y tranquilo, autoservicio y comida barata. De pie en una fila, llegan al mostrador de comida y se sirven al gusto con delicias de los más variados tipos. Arroz, frijoles, pasta, pollo y carne de res, verduras, verduras, y piden jugo de guanábana. Una mesa en el centro está vacía, y ahí es donde se dirigen.

Dispuestos en sillas una frente a la otra, descansan parte de su trabajo a la espera de que se haga el pedido. En poco tiempo el empleado viene a traerles su bebida. Mientras comen y beben, comienzan a charlar felices.

"¿Qué estás pensando sobre el amor de nuestra amada Olinda? (Roberto)

"Realmente lo estoy disfrutando. Cada rincón, cada detalle es espectacularmente hermoso. Es un buen ejercicio para viajar, distraerse de la rutina y olvidarse de los retos de la vida. Una vez. (Beatriz)

"Tienes razón. Es un premio para nuestras almas atribuladas y sedientas de conocimiento. Cada momento vivido debe ser guardado con afecto dentro de nosotros. (Roberto)

"Cierto. Todo es excelente. (Beatriz)

"Siempre he estado muy apegado al trabajo y me distancié de las cosas buenas de la vida. Ahora que estoy con ustedes, me di cuenta de que hay momentos de decisión y disfruté de la riqueza cultural de nuestros países. Me animaste a hacer esto. (Roberto)

"Me regocijo en despertar cosas buenas en tu persona. Creo que es mi aura mística la que afecta a todos los que me rodean. Soy sincero al decir que no pienso en casarme ahora porque soy joven, tengo mis compromisos personales y con mi familia. Pero todo lo que sucede es bueno para los dos. (Beatriz)

"Excelente. No me apresuro. Viviremos cada momento como si fuera el último. (Roberto)

"Es precisamente lo que pienso. (Beatriz)

Los dos continúan alimentándose, y la conversación de repente se enfría. En esa cálida tarde, sus espíritus estaban a plena carga para observar, aprender y vivir. Los riesgos eran pequeños en comparación con el placer de descubrir y disfrutar.

Después del almuerzo, se mueven en la dirección opuesta apuntando al automóvil que estaba cerca. Cruzando la calle con cuidado, pronto alcanzan el objetivo y al entrar en el coche, observan el mapa decidiendo conjuntamente el siguiente punto.

Catedral Se de Olinda

El punto turístico elegido en ese momento es la Catedral Se de Olinda ubicada en el distrito de Carmo. Según la información, estaba muy cerca de donde estaban. Este aparato ecológico sorprende a la tripulación del coche. Las colinas de Olinda eran desafíos realmente difíciles de superar. Lo importante era no rendirse, y eso es precisamente lo que hacen.

En el punto más alto de la subida, detienen el coche, descienden sonrientes y la distancia que les separa del monumental edificio se cubre ahora a pie. No tarda mucho, y se enfrentan al tan esperado arquetipo histórico. El conjunto arquitectónico está formado estratégicamente por dos torres colocadas en los extremos izquierdo y derecho con agujeros en el cuerpo central y también en todas las direcciones en la plataforma elevada. En la parte media hay tres entradas y sobre ellas hay dos interesantes agujeros de poste. La fachada tiene un círculo centrado, monturas laterales y una cruz que representa la soberanía de Cristo.

La primera construcción erigida en el Monte Sé fue una estructura hecha de tierra apisonada manual. Fue erigido entre los años 1537 a 1540 en homenaje a Jesucristo, salvador del mundo. Como la madera es un material perecedero, la estructura inicial pronto fue reemplazada por una de mampostería en 1584 con varias capillas secundarias. Entre 1591 y 1616 se llevaron a cabo varias reformas con el objetivo de ampliar la estructura. Durante la dominación holandesa, este templo religioso fue profanado y casi destruido en un incendio en 1631. Con la expulsión de los holandeses, los habitantes de Olinda unieron fuerzas y reconstruyeron la Iglesia, con las obras que se extienden hasta el siglo 18.

Un poco más tarde, la estructura fue modificada en gran medida, desplazando el proyecto original. Sin embargo, recientemente han restaurado el edificio, readquiriendo en la medida de lo posible las características originales. Que el interior está dividido en tres unidades, separadas e interconectadas con columnas muy seguras. Mirando a lo largo de los lados, ven rastros de azulejos, paneles multicolores, carpintería dorada y esculturas antiguas. Luego avanzan un poco más.

Al llegar a la nave central, ven un triforio, que es una fila de ventanas altas colocadas en un techo adyacente. Esto significa que la Iglesia en cuestión es de estilo gótico. En el techo hay paneles con ilustraciones del Evangelio. Avanzando un poco más, en el presbiterio, pasan junto al trono y otras sillas dispuestas y, según un guía actual, estaban justo al lado de las tumbas de varios obispos antiguos.

La siguiente parada es en la sacristía. Sintiéndose esencialmente bien espiritualizados, notan un gran banco de palisandro en este entorno, varias figuras y pinturas, así como objetos de valor cultural. Por lo tanto, el programa se cierra con ellos agradeciendo al padre eterno por esta oportunidad.

Rumbo a la salida, ya tenían en mente el próximo destino. Olinda todavía necesitaba ser más conquistada y descubierta por esos dos aventureros.

Museo de Arte Sacro de Pernambuco

Caminando unos metros en el Alto da Sé, hay algo que les llama la atención. Muy cerca, un edificio histórico se alzaba imponente. Se encuentran ante ese símbolo monumental de nuestra cultura.

Es un gran edificio con plantas baja y superior, doce ventanas con balcones de madera. Y tres puertas de entrada. Dos elevaciones de mampostería se elevan en los extremos de la misma, destacando aún más este vestigio de arquitectura antigua. En la fachada, podemos ver el escudo episcopal y la placa de la UNESCO que declara a la ciudad Patrimonio de la Humanidad como Justicia a Todas las reliquias históricas que se encuentran allí. Este sitio fue construido en el siglo 17, inicialmente sirviendo como la Cámara de la Cámara del Senado de Olinda. Más tarde se convirtió en el Palacio Episcopal. El atisbo es tal que nuestros amigos no pierden la oportunidad de entrar en el interior del edificio junto a otros turistas.

Al entrar en el patio principal, comienzan a apreciar las diversas habitaciones temáticas. En la sala Olinda pueden ver fotos, mapas, pinturas, documentos, monumentos y piezas arqueológicas que cuentan la historia de la ciudad. Y vestido con ropa de tela. En la sala de Santos y Relicarios hay imágenes del siglo 18 y relicarios (lugar que guarda reliquias). A través de paneles la evolución entre los siglos 17 y 19 haciendo referencia al arte sacro. En la sala del Altar podemos ver el interior de un pequeño templo con un altar, imágenes, confesionarios, pinturas y objetos de valor religioso. Y resurrección de Nuestro Señor Jesucristo. En este mismo lugar también destacan los belenes. Todos estos pasos mencionados están documentados con numerosas fotos creando un recuerdo vivo de todo lo que estaban viviendo. Pero todavía habría más lugares para visitar y luego de eso, poco después, ya han comenzado su camino de regreso.

Espiritualmente estaban cómodos, tranquilos, felices y preparados para la siguiente etapa dentro del contexto del centro histórico de Olinda. Como estaban muy emocionados, moviéndose unos metros llegaron al entorno exterior y luego se acercaron al auto estacionado. Todo estaba dentro como se esperaba y al entrar en el vehículo, acuerdan el próximo punto turístico a visitar.

Convento de San Francisco

La ubicación elegida es el Convento de San Francisco, a trescientos metros al este-noreste de allí. Como es un camino muy corto, se alcanza rápidamente debido a la velocidad de un automóvil. Se estacionan en un lugar seguro, se bajan del vehículo y caminan un poco más.

Están frente a un majestuoso edificio que incluye la Iglesia de Nuestra Señora de las Nieves, la capilla de San Roque, el claustro y la Sacristía. También hay una gran cruz trabajada en piedras de las Recife que está frente al edificio. Este es el convento franciscano más antiguo de Brasil. Fue construido por los holandeses en el año 1631. La reconstrucción tuvo lugar a finales del siglo XVII.

La emoción es tan grande que no pierden el tiempo y entran. Lo que ven es simplemente espectacular: en el claustro y en el pasillo que conduce a la sacristía quedan impresionados por los paneles de azulejos portugueses con varias escenas importantes que representan la vida cotidiana de la corte. En la Iglesia, sacristía y capilla, se maravillan con el techo y su ingenioso trabajo de talla y pinturas que datan del siglo 18. Si en el Monasterio, es la gran biblioteca la que tiene una rica colección de obras raras. Además, el ambiente respira un aire sagrado según el alma Wicca.

Al decir una oración de cierre, una vez más agradecen la oportunidad y se despiden de algunas personas que habían conocido en esta gira. Saliendo de allí, regresan al coche en busca del siguiente punto a visitar.

Iglesia de Nuestra Señora del Monte Carmelo

El lugar elegido ahora es la Iglesia de Nuestra Señora del Monte Carmelo, situada a escasos metros. En el corto trayecto entre los dos puntos, permanecen en silencio, pero la mirada ya lo decía todo. Más que un estadounidense apasionado y una misteriosa hechicera frente a toda esa diversidad cultural eran simplemente aprendices y nada más.

Consciente de ello, el conductor rubio detiene el coche en un lugar tranquilo y ambos bajan caminando unos metros más. Llegan a la plaza y primero aprovechan para dar un buen paseo por ella, pasando por varios lugares hermosos del lugar y tomar varias fotos. Viven allí y se acercan a la Iglesia, enfrentándose a otro espectáculo arquitectónico. Allí como un imponente edificio con dos torres laterales con una plataforma cortada de lado a lado con una campaña interna y en la plataforma inferior, agujeros en el cuerpo centralizados y de forma sabia. De esquina a esquina, un edificio muy alto y ancho, capa central con una sola entrada de madera en forma ovalada y justo encima de dos grandes ventanales y un diseño geométrico que se remonta al inicio de la construcción. En el lado izquierdo se encuentra el convento. Una cruz que destaca. En el lado sur hay una torre.

La historia cuenta que el trabajo del establecimiento comenzó alrededor de 1580. En ese momento, cuando la orden de los carmelitas llegó a Pernambuco. Los holandeses destruyeron la ciudad en 1631 y luego el edificio sufrió graves daños estructurales. En 1654, los frailes comenzaron la reconstrucción del sitio. En 1704, se construyó la cruz y en 1726 la torre.

El convento fue abandonado a su suerte en el año 1820 tras el traslado oficial del arzobispo a Recife. Otro dato importante fue el derrumbe de las fachadas este y oeste del convento, que dio lugar a la acción de vándalos y ladrones.

Al entrar en el edificio, van directamente al altar y debido a que el piso está mojado accidentalmente, la niña hace un gran resbalón. Mediumnidad se vuelve más intenso.

Ella está sola y de pie en el santuario........................ De repente, un hombre vestido con una prenda blanca entra en la Iglesia caminando rápidamente sin mirar a los lados y se para a su lado. Reflejando rayos de luz, el ser la mira, la agarra del brazo y le comunica: "Yo soy tu protector. Tu abuela, la gran Wicca. No más acción y mi hermano oscuro podrá apoderarse de tu cuerpo y llevarte a la perdición. Por ahora, está bien, pero la vida es tan compleja que puede sorprendernos en cualquier momento. Si tu noche oscura del alma te abruma a ti y estoy lejos usando la magia blanca de la oración. Entonces actuaré y mostraré el gran amor del padre. Recuerda: nada en este mundo, es definitivo.

El mago está perplejo y trata de responder en vano. Al instante, el hombre desaparece, dejándola sola con su desesperación. Es en este momento que escucha una voz delgada que llama desde lejos. Sus ojos y ve a su lado al novio, al sacerdote y a algunos fieles curiosos. Ella parece no creer lo que está viendo y comunica:

"¿Qué pasó? ¿Dónde está el hombre?

"¿Qué hombre, amor? Estamos solos aquí. Cuando caíste, llamé al sacerdote y a algunos que pasaban por allí para que me ayudaran. Has estado inconsciente durante cinco minutos. (Roberto)

"No te preocupes. Es normal que esté confundida porque el golpe en la cabeza fue fuerte. Pronto las cosas se resolverán. (El párroco)

"Gracias a todos. (Beatriz)

La joven hechicera entró en razón. Esos resbalones habían sido providenciales para que ella pudiera despertar su poder místico en ella. Ahora podía leer claramente sus pensamientos y una fuerza intuitiva la acogió. Ser considerado loco e incluso ser admitido en una institución mental. Es cierto que los misterios espirituales no se dan a conocer a todos.

Ayudada por el novio, se levanta y busca la salida, todavía un poco mareada. Ya se estaba haciendo tarde, y acordaron volver al hotel y descansar. Los nuevos descubrimientos se harían al día siguiente.

Por la noche

Una vez pasada la salida, se dirigen al coche altivo, pensativo y expectante. Todo el miedo anterior a no ser satisfecho había quedado atrás, y los dos ahora disfrutaban de la compañía del otro en este maravilloso y épico viaje a Olinda. ¿Fue un signo de un matrimonio prestigioso y armonioso? Que sabían que nada estaba definido y que, dependiendo de las circunstancias, todo podía cambiar en cualquier momento. Lo que se guardaría para siempre, sin duda, eran los momentos vividos en compañía del otro y que los convertían en cómplices. Esto nadie podría quitarles.

Al llegar al coche, entran en él con el conductor soltando el pie del embrague, forzando el acelerador y cambiando de marcha. El viaje se reinicia con destino al hotel, contrariamente al movimiento de antes. Disfrutarían de la noche juntos.

En el corto camino, quedan encantados con el paisaje urbano del centro histórico, con las calles estrechas, el movimiento frenético de personas y coches, con los malabares de adelantamiento que tienen que ver y con la disposición interior aún presente. Ambos debían ser felicitados por la fuerza y el coraje demostrados en todo momento.

Al llegar al hotel, estacionan el auto en el estacionamiento. Caminan hacia el interior del edificio. Tienen acceso al vestíbulo principal, saludan a los recepcionistas e inmediatamente comienzan a subir al primer piso. Tenían el espíritu de los dos en este momento. Terminando esta parte, dan un largo suspiro y caminan unos pasos más, quedándose frente a la entrada de la casa temporal. Intentando y girando la llave dos veces, abren la puerta y entran en la primera habitación a la derecha. Ellos van a establecimiento para tomar una ducha juntos. Al abrir la puerta, se enfrentan a un lugar desinfectado, muy bien equipado con un inodoro moderno y descarga, parafernalia variada, un espejo y una caja bien definida en el lugar. Encienden la ducha eléctrica, lavan con champú su cabello y enjabonan su cuerpo, se frotan para eliminar las impurezas y juegan entre sí. ¡Qué maravilla!

Solo piensan en desear la misma felicidad a las personas distribuidas por todo el mundo. Después de todo, todos merecen amar y ser amados.

Durante veinte minutos disfrutan de la compañía del otro. Cuando terminan el baño y vuelven a la cama, no hay otra manera. A partir de entonces, el siguiente evento es dormir acurrucado. A las 7:00 pm se despiertan. Sintiéndose hambrientos, se visten, se van y cierran la habitación. Apresurándose por las escaleras, llegan rápidamente al primer piso. Junto con otras personas, llegan a la cafetería donde el sistema alimentario adoptado es el autoservicio. Toman la bandeja de comida, eligen yuca con huevos, queso y cecina. Toman la cafetera y llenan las tazas de café con azúcar eligiendo una mesa en el lado derecho que estaba vacía. Mientras comen, comienza una conversación.

"¿Qué pensaste del día? (Roberto)

"Todo muy ocupado e interesante. Las Iglesias de Olinda son especiales para la cultura de Pernambuco. (Beatriz)

"Tenemos mucho más que ver. Quiero que este viaje sea inolvidable. (Roberto)

"Por supuesto, amor. Ya lo ha sido. (Beatriz)

"Ahora me puse celoso y curioso. ¿A qué hombre te referías cuando caíste en la Iglesia? (Roberto)

"No te preocupes. Probablemente era solo un ángel con el que soñaba. Ya tengo dieciocho años, y parece que mi sangre Wicca está más despierta que nunca. (Beatriz)

"Lo sé. Entiendo. Debe ser algo relacionado con tu bisabuela, su descendencia. ¿Por qué no buscas orientación sobre este tema? (Roberto)

"Creo que no ha llegado el momento, y trataré de posponerlo de todos modos. Todo esto me suena surrealista, no sé, me parece algo totalmente desconectado de la realidad y me temo perder el sentido de la conciencia. (Beatriz)

"Entiendo. Encuentro todo esto mágico, y soy totalmente comprensivo. Independientemente de tu creencia, estaré aquí para apoyarte. (Roberto)

"Gracias por su confianza. Quiero probar cierto dicho que dice: "No hay mala religión, hay gente mala insertada en una religión". (Beatriz)

"Estoy contigo y no lo abriré. Mi dulce pequeño. (Roberto)

"Muchas gracias. (Beatriz)

Los dos se toman un descanso rápido de comer, abrazarse y besarse frente a todos, lo que provoca el aplauso de los presentes. Después, vuelven a comer y lo terminan unos momentos después. Fueron momentos únicos que se deben disfrutar intensamente.

Treinta minutos después, caminan por las instalaciones del hotel para conocerlo mejor. Van a la sala de juegos, piscina, patio común, jardín, recepción y varios bloques de apartamentos. Ocio, prometiéndose disfrutarlos en otro momento. Debido a que era el primer día, estaban agotados y luego decidieron por su propia voluntad regresar a su habitación.

Al estar en él, se distraen viendo la televisión y navegando por Internet. Dejan el ocio y se van a dormir. Pronto se duermen con la esperanza de que al día siguiente tengan experiencias más liberadoras y culturalmente enriquecedoras.

Ascensor panorámico desde Olinda

Cruzando un amanecer conflictivo para ambos, entre sueños y pesadillas, aparece un nuevo día con un sol abrasador en el horizonte. A las seis de la mañana, se levantan juntos, se desnudan y van juntos al baño ubicado en la parte posterior de la habitación. Concentrándose en la Caja, encienden la ducha y el agua fría que se derrama sobre sus cuerpos refresca sus cuerpos y almas.

La relajación produce una mezcla de esperanza y anticipación sobre los próximos eventos. ¿Qué les espera en los próximos puntos históricos de la ciudad? La duda sobre esto fue lo que lo motivó a descubrir cada vez más de esa hermosa ciudad.

Al frotar sus cuerpos y sus conciencias para deshacerse de la suciedad, entran en una especie de trance emocional que solo sabe quién está casado. Bañarse juntos representaba una mayor participación que el matrimonio mismo. Era un intercambio de individualidad, así como un almuerzo, los pedos, la cuenta bancaria y el apellido.

Ser maduro en la relación era la mayor recompensa que una pareja podía lograr. Sin embargo, no tenían prisa con respecto a los eventos futuros. Subían un escalón a la vez y aprovechaban su soltería para vivir momentos inolvidables. Los resultados se obtendrían como resultado de sus acciones en el tiempo de Dios.

Por esta razón, están totalmente separados en el baño, viviendo la vida como debe hacerse. Ayudándose mutuamente, además de limpiarse, se conocían un poco mejor sin mascarillas ni intermediarios. Estaban solos.

Después del proceso de purificación, cada uno toma su toalla individual, sale del baño y se acerca a las bolsas. La chica elige bragas rosas, un jersey rojo, una falda vaquera y una blusa de malla fina. Rímel, lápiz labial, polvo, rubor y sombra de ojos con un toque de creatividad femenina sin igual. El hombre viste una ropa interior Box azul completamente sexy porque quien lo viera así pudo apreciar su hermoso volumen, una camisa de tela, un par de jeans, un zapato social, calcetines negros y gafas de sol que le dieron a su rostro un encanto especial. Se peina, lleva un perfume y nada más.

Con todo listo, salen de la habitación y, superando este reto, ya se encuentran en el entorno externo. Caminando por el largo pasillo donde a un lado y al otro había acomodaciones, notan el tono de magia impregnado en cada detalle y en cada objeto A pesar de que todo parecía un sueño irreal, realmente estaba sucediendo. Aquella campesina del pasado que apenas sabía expresarse era ahora una respetada universitaria que tenía los placeres de la vida junto a alguien especial que, aunque no fuera de por vida, ya formaba parte de ella.

Con unos pocos pasos seguros comienzan a descender los pasos felices de la vida. Apoyándose mutuamente, sintieron un momento apropiado para fortalecer las relaciones y hacer planes relacionados con eventos futuros. En verdad, el secreto de la felicidad se reduce a la confianza en sí mismo, la voluntad de enfrentar los desafíos y la fe en las fuerzas benignas del universo. Un buen sabor a café tostado y en consecuencia un aleteo en el estómago.

Para ser atendidos pronto, superan el obstáculo actual y, caminando unos metros más, se encuentran en una mesa en el centro del aposento alto. Robert, desempeñando un papel amable, se parará en la línea de autoservicio de alimentos junto con otros invitados y su prometida seguirá sus recomendaciones. Cuando termina, los lleva a la mesa y regresa al mostrador para llenar las dos tazas de café. Les gustó el café con poco azúcar.

Volviendo a la mesa de nuevo, se acomodan y se ayudan a sí mismos. El ambiente es excelente y además de prestar atención a las conversaciones de los demás, observan todo lo que les rodea. Allí no eran diferentes, dos soñadores que buscaban el sentido de la vida y con la misión de descubrirse a sí mismos la llamada sociedad moralizada. El título del libro es "Yo soy" y reúne en detalle los elementos necesarios para ello. Aquí está la sinopsis: Trece historias, un soñador, un joven y dos arcángeles en busca de la verdad. ¿Un depresivo, un pedófilo, un abortista, un drogadicto, un jugador profesional, científicos, criminales, un sexólogo, un esquizofrénico y una persona discapacitada? Ambos buscan reflexionar sobre sus acciones, sus caminos futuros junto al psíquico, un ser revolucionario y especial, en un gran viaje por el Nordeste brasileño. Declarándose hijo de Dios, promete escuchar a todos, aconsejarles y darles valiosos consejos sobre cómo retomar la vida, mostrando con el tiempo su personalidad y la de su padre. El objetivo principal de todos es despertar el "yo soy" interno a cada uno de ellos y logrando este milagro la verdad finalmente será revelada. También estoy representando un grito de libertad frente a las convenciones sociales, por ejemplo, de lo que Jesús hizo en el pasado. I am muestra de esta manera cómo el ser verdaderamente humano está en contradicción con aquellos que están acostumbrados a juzgar a los demás. Un libro instigador y que promete mucho.

Volviéndose a sí mismos, muestran a través de sus ojos una complicidad de aquellos que quieren recuperarse y esto fue un regalo de Dios en sus vidas. De un vistazo, la niña recuerda a tu compañera de escuela Divine y tú recuerdas a tu esposa. Ambos les habían enseñado un poco sobre este tema de la interioridad espiritual. El anhelo que sentían por ellos era un buen sentimiento de aquellos que quieren más en otras oportunidades de vida. La Wicca legítima lo sabía bien. Algo premonitorio golpeaba en su cabeza, representando la fuerza de su protector especial.

Sin embargo, comprender los signos de las dimensiones ubicadas a su alrededor era algo que aún necesitaba ser constantemente mejorado y mejor asimilado, algo que el propio camino Wicca podía mostrar, revelando la estrecha relación entre la espiritualidad y la esencia del alma misma. En ese momento, la hechicera buscó escapar de su condición debido al miedo, la falta de oportunidades y una cuestión de prioridades. Solo quería abrazar el presente, incluida su familia, su prometido y los más cercanos a ella.

Con esta certeza, mantiene la mirada fija en su prometido y es correspondida. Después de un período de tiempo, se relajan y se concentran solo en el desayuno que consistía en cuscús en salsa de pollo acompañado de café. Cuelgan el monto del pago en la factura y se dirigen hacia el espacio exterior. Una vez afuera, llegan al estacionamiento, se suben a su auto privado, encienden el auto y comienzan el recorrido del segundo día en esa ciudad histórica.

En los primeros movimientos se ve el buen movimiento de coches y peatones por las calles que pasan. Además de quedar encantado de nuevo con el conjunto arquitectónico general de aquella antigua capital del estado. Conozcamos un poco más sobre este importante rincón de nuestro país.

Olinda fue fundada en 1535 por el concesionario de la capitanía de Pernambuco Duarte Coelho. Duarte se dedicó al desarrollo de la tierra y la economía en su administración. Sede de la capitanía. En los tiempos de la colonia Brasil, era el lugar más rico de la provincia, permaneciendo en esta situación hasta el momento de la invasión holandesa. Debido a problemas estructurales y conflictos armados, terminó perdiendo su posición de capital a Recife. En la región metropolitana de Recife, a solo siete kilómetros de la actual capital del estado.

El área territorial del municipio tiene un total de 42 km^2 y tiene una altitud media de dieciséis metros sobre el nivel del mar. En cuanto al relieve, tiene predominio de mesetas y cerros. Su cuenca hidrográfica se distribuye en las zonas de los ríos Paratibe y Capibaribe. La vegetación, por su parte, está formada por restos de la Mata Atlántica. En cuanto al clima, es del tipo tropical húmedo, con temperaturas que oscilan entre los 15 °C y los 33 °C. Llueve mucho en la región con un índice de precipitaciones superior a 1700 mm por año.

La población total del municipio alcanza los 375 559 habitantes, limitando al norte con Paulista, al sur y al oeste con Recife y al este con el Océano Atlántico. Olinda es hermosa por su belleza natural y también es considerada un importante centro cultural. Declarada en 1982 como Patrimonio Histórico y Cultural de la Humanidad por la UNESCO (Organización de las Naciones Unidas para la Educación, la Ciencia y la Cultura), fue elegida la primera capital brasileña de la cultura. Sus principales eventos son: Carnaval, ferias artesanales, reggae, sambas, maracatu, Semana Santa y afoxés. Además de varias otras atracciones que se destacan, brindando entretenimiento y alegría para los turistas. Visita la ciudad y déjate encantar.

Volviendo a la historia, a lo largo del corto trayecto que realizan, aprenden a admirar cada vez más la condición histórica de ese acogedor lugar. Con unos minutos de esfuerzo cruzando calles y avenidas, finalmente llegan al primer destino del día. Es el ascensor panorámico de Olinda ubicado en la calle Obispo Coutinho, Olinda. Aparcan su coche en un lugar cercano y para hacer ejercicio suben por la ladera desde lo alto de la Catedral junto con otros turistas. Pero ahora estaban más relajados y entregados al deseo del corazón.

Durante todo el ascenso están motivados para superar las dificultades del camino y esto es lo que el lector debe hacer ante cualquier dificultad. En verdad, no hay sueño imposible. ¿Lo que a menudo nos lleva al fracaso es la falta de organización, planificación y percepción de las cosas? Cuando perdemos, tenemos que levantar la cabeza y buscar soluciones. Mantenerse optimista es la clave del éxito.

Estar acompañado en un desafío difícil ayuda a reunir fuerza y motivación. La pareja intercambia buenas experiencias en este sentido junto a los demás participantes, desconocidos que tenían el objetivo común de aprovechar la belleza de Olinda. El premio al esfuerzo es llegar a la cima de la elevación lo que me recuerda con cariño a la gruta, al guardián, a los desafíos, a la joven, Renato, y a la serie "La Vidente" en sí, que ya estaba en la novena etapa.

Ahora, están frente a la entrada del ascensor, lo que los hace suspirar de miedo. ¿Qué pasaría? Se convierte en hombre y con cariño, Robert sostiene el brazo de la novia, y juntos dan los primeros pasos hasta llegar al interior del aparato.

Todo es muy rápido y en cuestión de segundos llegan a la plataforma superior con el mago luchando por contener un chillido. Toman fotos juntos, gracias a un turista y hacen una pose interesante como si no hubiera nadie más.

Todavía pasan mucho tiempo disfrutando de la vista desde la glorieta e intercambiando afectos. En este fantástico momento, la intuición de la joven golpea con fuerza y sin dar ninguna explicación pide bajar y volver al coche, dando la excusa de que aún quedaban muchos lugares por descubrir. No había nada que discutir cuando ella era misteriosa de esa manera. Su compañera ya se había acostumbrado a su camino y la respetaba. Por eso ambos estaban bajando.

El ascensor está instalado en el depósito de agua de Olinda construido en 1934 y tiene el equivalente a seis plantas y veinte metros de altura. Este es el primer edificio con un estilo contemporáneo y moderno en un período de transición a la arquitectura. El proyecto fue presupuestado en cinco millones de reales incluyendo un reajuste del comercio, los edificios alrededor y el paisaje, así como la construcción de un punto de artesanía y la restauración de las carreteras por donde pasan los peatones. Es un punto de gran importancia turística en la ciudad.

Este lugar había sido muy utilizado y haciendo el mismo camino que antes de que volvieran al ascensor. Esperan un poco hasta que reúna a más personas y finalmente descienda. La experiencia de descenso no es tan emocionante como el ascenso, pero también produce escalofríos en sus cuerpos. Ellos mismos desde el observatorio astronómico de Olinda, un punto visitado por más de cincuenta mil personas al año. Al llegar al lugar, con la guía de un guía, hacen una prueba de observatorio utilizando un telescopio avanzado. ¿Qué tipo de elementos y su importancia en el cosmos? El recorrido es realmente instructivo. Al salir de allí, notan otro punto en las inmediaciones y ahí es donde se dirigen.

Iglesia de la misericordia

Caminando unos metros, se encuentran frente a un edificio de inconmensurable valor arquitectónico. Situada en un terreno irregular, la Iglesia protegida por un muro lateral les invita a conocer. Avanzan por la escalera y se acercan a ella. Están frente a edificios coloniales portugueses. El pequeño edificio se caracteriza por una sola entrada, dos ventanas en el lado izquierdo y derecho sobre la puerta de entrada, un escudo de armas central, torre izquierda y una cruz alta al final.

El origen del lugar fue en el siglo 17 con actividades registradas. Cuando ocurrió el gran incendio en 1631, fue abandonado durante un año. Luego fue reconstruido y renovado varias veces, albergando un hospital y una iglesia. Fue considerado Patrimonio Histórico Artístico Nacional en 1938.

Aún curiosos, van un poco más allá y tienen acceso al interior. Este es el espectáculo que ves: La nave está bien diseñada con paredes enlucidas y encaladas con cuidado. El techo tiene pinturas que ilustran el paso en la tierra de Nuestra Señora y el piso presenta ingeniosos diseños geométricos. En la capilla mayor, el Cristo y justo debajo la imagen de Nuestra Señora de la Merced. Los alrededores muestran buen gusto en las pinturas y en cada detalle arquitectónico, que se remonta a la construcción de la época, haciendo de esta Iglesia una maravilla aparte. Caminando un poco más lejos, llegan a la sacristía donde se encuentran con el baño de mármol y piezas de culto de alto valor cultural. Momento en que su protector entra en contacto y garantiza seguridad personal y felicidad en el viaje, lo que los hace más relajados. Metros más tarde, se acercan al mercado de artesanías donde compran diversas piezas para guardarlas como recuerdo de esos hermosos momentos. En este momento, no negocian porque les dieron el valor apropiado a las piezas para fomentar el estado de la cultura de Pernambuco. Se dirigen a donde estaba aparcado el coche. Reanudan el viaje, buscando el siguiente punto elegido.

Museo Mamulengo

La ubicación elegida es el Museo Mamulengo, a poco más de un kilómetro del punto donde se encontraban en la calle San Benito. Avanzando a una velocidad regular, no tienen dificultades para completar la ruta. Se bajan del vehículo y caminan unos metros más, quedándose frente al lugar.

El edificio en cuestión es estrecho y alto, con una puerta de entrada, dos ventanas laterales y tres ventanas arriba. No perdían el tiempo y como la puerta estaba abierta, pronto entraron en el área interior.

Lo que ven los deja encantados. El espacio está completamente ocupado por aproximadamente 1500 piezas entre antiguas y contemporáneas. Cada uno de ellos tiene una historia particular representativa de una cultura. La Wicca refleja en ellos y parece recordar su cultura arraigada en su sangre. El misterio de la luz, de la luna y de la espiritualidad misma. Suben al segundo piso y allí tienen la oportunidad de aprovechar el espacio cangaço. Es un espectáculo lúdico y mágico, siendo allí el primer Museo de títeres populares de Brasil.

Después de tomar muchas fotos y guardar amorosamente sus teléfonos celulares, descienden nuevamente al primer piso y se despiden del lugar junto con otros turistas. Mientras sienten hambre, buscan un lugar cercano para almorzar.

Reposo

Afortunadamente, encontraron un restaurante simple pero muy espacioso y de buen gusto en la misma calle. Encontraron una mesa en el lado derecho que estaba vacía, y se acomodaron en sillas a su alrededor. El movimiento es intenso y como no hay suficientes mesas, un chico alto, oscuro y de ojos verdes con jeans, una camiseta blanca y un celular en la mano pide permiso para sentarse a su lado y como eran razonables, lo permiten. Evaluando el menú, eligen cuscús con pollo y café. El compañero de mesa, queriendo ser agradable, elige lo mismo. Luego ordenan comida al camarero. Se inicia una conversación entre ellos

"¿Cómo te llamas y de dónde eres? (Beatriz)

"Mi nombre es Angelus Protector. Vivo aquí en el centro de Olinda. Estaba aquí por negocios en el vecindario cuando sentí hambre y vi esta mesa con una vacante. Espero no estar molestando a la pareja. ¿Y cuál de ustedes?

"Mi nombre es Beatrice Rosembar, y soy de Poção. Vivo en Recife, tengo un curso de Ingeniería Civil y trabajo como administrador en una tienda de ropa.

"Mi nombre es Robert Williams. Soy norteamericano, pero he vivido en Recife durante once años. Soy socorrista y prometida a Beatriz.

La declaración de Robert no intimidó al extraño. Su propósito allí no tenía nada que ver con su relación, o tenía esta intención de interponerse en el camino. Este momento fue programado de acuerdo con una fuerza mayor que ninguno de los tres tenía control.

"Muy guay. Veo que estás feliz de visitar mi ciudad. ¿Cuánto tiempo han estado juntos? (Ángelus)

"Casi un año. (Informó Beatrice)

"Eso es bueno. Me alegro de que todo esté funcionando. (Ángelus)

"Gracias. (Roberto)

El camarero se acerca a traer su comida y por un tiempo, la conversación se enfría. Se sirven amablemente, el empleado se va, y luego comienzan a comer y charlar libremente.

"¿Te gusta más el campo o aquí? (Ángelus)

"Me gustan los dos lugares. Tierra adentro, tenemos más aire fresco, vegetación y proximidad a la gente. En la capital, tenemos las mejores oportunidades de trabajo, estudio y vivienda. (Beatriz)

"Soy de la misma opinión. El campo es bueno para vivir, y la ciudad es buena para los negocios. (Roberto)

"Ya tengo una opinión diferente. Me encanta el área urbana porque es el lugar de mi negocio. Soy un empresario soltero con actividades en Estados Unidos y Brasil en las principales capitales de las provincias. El tema de la naturaleza solo lo uso para mi religiosidad.

"¿Cuál es tu religión? (Beatriz)

"Wicca. ¿Y la tuya? (Ángelus)

"católico con ascendencia Wicca. (Beatriz)

"cristiano protestante. (Roberto)

"Genial. ¿Qué increíble coincidencia no es Beatrice? (Ángelus)

"Sí. Eres la primera persona que conozco que dice estar con la misma inclinación que mi ascendente", respondió.

"Tal vez sea una pista del destino, ¿no? Lo que puedo decir ahora es que disfrutas del tiempo actual sin mayores preocupaciones. (Ángelus)

"Creo que sí. Poco a poco estoy descubriendo esto, pero como enfatizaste, aún no es el momento. (Beatriz)

"No tengo nada en contra. Conocer a Beatriz fue un gran regalo y sé que su elección religiosa no afectará nuestra relación. Una persona no se vuelve mala para sus creencias si coopera para la evolución del individuo".

"Es bueno escuchar eso, amigo mío. A diferencia de usted, la gran mayoría tiene prejuicios y nuestra lucha es para que esto disminuya mucho algún día. (Ángelus)

"Tienes todo mi apoyo", dijo Robert.

"La mía también. (Beatriz)

Continúan hablando y comiendo felices en un ambiente de paz y armonía. Aquel chico inicialmente extraño resultó ser un gran aliado de la pareja, sorprendiendo la expectativa de todos, demostrando la teoría de que nada sucede por casualidad. Hacen una llamada telefónica para seguir comunicándose. Pagan el gasto y finalmente se despiden. Ahora la pareja continuaría la caminata solos, buscando el próximo lugar turístico de la ciudad.

Iglesia de Nuestra Señora del Amparo

Desde donde estaban, caminan unos metros, se suben al coche y parten en busca de una nueva etapa. Al igual que en esa parte de la ciudad, se ubicó gran parte del conjunto histórico, recorren solo cuatrocientos metros y ya están frente a otra reliquia.

Se trata de la Iglesia de Nuestra Señora del Apoyo situada en Largo do Amparo. Es un edificio maravillosamente diseñado con una entrada principal y cuatro auxiliares. Por encima de las entradas, tenemos varias ventanas laterales. En la fachada, destaca un bello diseño geométrico con una cruz que representa el sufrimiento de Cristo.

La historia dice que esta Iglesia fue construida por la Hermandad de Nuestra Señora de protección de los hombres en el año 1613. Dos décadas más tarde, el edificio fue destruido por el fuego causado por los holandeses. Era el final del siglo 18.

Avanzando unos pasos, entran en el interior sin mucha pretensión. Se acercan al altar y rezan una oración colectiva pidiendo éxito, salud y felicidad. El lugar que más les gusta visitar es el que alberga el museo de arte sacro en Goiana, reuniendo cuatro mil piezas de alto valor cultural de los siglos 17, 18 y 19. El aire religioso prevalece allí. Al final del recorrido, se dirigen a la salida, la cruzan y caminan apresuradamente y buscan conocimiento sobre el próximo lugar turístico cercano.

Museo Regional de Olinda

Caminando unos metros, llegan al edificio del Museo Regional de Olinda. Es un excéntrico edificio de estilo colonial con puertas y ventanas que sobresalen en el complejo general que sirvió durante mucho tiempo como residencia episcopal. Fundada en 1935, se mantiene a través de un acuerdo entre el ayuntamiento y el estatus.

Entrando en el interior pueden ver los maravillosos muebles antiguos, platería, pinturas, vajilla e imágenes religiosas hechas en los siglos 17 y 18. Mirando una determinada pintura, viajan al período colonial de desarrollo de Brasil, pero también de muchas injusticias. Fue doloroso, dramático e inspirador. Ciertamente, la sabiduría de los antiguos fue asimilada, convirtiéndolos en agentes de la situación en lugar de meros espectadores.

Se abrazan, se besan, toman más fotos, caminan un poco más y finalmente se despiden. Desde allí buscan el siguiente punto a visitar.

Atelier Vilanova

Desde allí, son unos pasos para llegar al Atelier Vilanova. Es una casa sencilla, estrecha y corta con una entrada y dos ventanas laterales. Lleva a la pareja a su mundo de ensueño poblado por seres mitológicos y figuras emblemáticas del carnaval de Olinda. Decidieron tomar muchas fotos allí para guardarlas como reliquia de esta auténtica expresión cultural de Pernambuco. Buen momento disfrutando de las construcciones artísticas y solo entonces para salir a buscar nuevos rumbos. Como la conducción estaba cerca, ni siquiera tienes que hacer tanto esfuerzo. Se reanuda el recorrido.

Iglesia de Nuestra Señora del Rosario de los Hombres Negros

El recorrido por las Iglesias de Olinda y otros puntos turísticos estaba demostrando ser una gran oportunidad para que la pareja aprendiera sobre la historia. Fue un momento para la reflexión y el análisis de sus propias creencias frente a la masa dominante del mundo. Más que respeto, tenían el orgullo de presenciar y ser parte de ese contexto folclórico-cultural. Nunca se les ocurriría hacer un viaje así con el descubrimiento de tantas cosas nuevas tras un largo y perturbado año de adaptación a la capital en el caso de nuestro mago más querido.

En ese momento, la extraña por un breve momento. Recuerda a su familia, su pasado, sus compañeros de trabajo, sus deseos y el reto de tener una relación estable. Por otro lado, el novio se concentra en complacerlo, lo que provoca una buena relajación. Cruzando algunas calles, llegan casi de inmediato a la ubicación deseada ubicada en la calle Largo do Rosario en barrio santo Antonio.

Aparcando el coche en un lugar seguro, bajan a ver de cerca todo el espectáculo. Es un edificio peculiarmente altivo con cinco puertas de entrada y tres grandes ventanas arriba. La única torre se extiende en el lado izquierdo y la fachada frontal aparece con un diseño triangular festoneado adornado con agujas. En el centro, la cruz. Era diferente a todo lo que habían visto hasta ahora.

Esa Iglesia representó un poco de la historia africana con su lucha contra la esclavitud, el deseo de preservar sus tradiciones y al mismo tiempo el sincretismo religioso representado por las fiestas religiosas que tenían como características las danzas negras y los tambores. Durante un tiempo, estas manifestaciones fueron incluso prohibidas por la Inquisición. Otra característica de la cultura negra fueron los rituales, procesiones y coronaciones, que dieron origen al actual Maracatu, una expresión llamativa del folclore nororiental.

La entidad que se hizo cargo del edificio se llamaba Hermandad de Nuestra Señora del Rosario de los Hombres Negros. Esta Hermandad negra se esforzó por mantener un templo tan rico como el de la nobleza a pesar de que su situación financiera personal era degradante a través de donaciones, trabajo comunitario y capacitación laboral gratuita.

Las diversas renovaciones propuestas en la instalación, que tuvieron lugar entre 1750-1777, transformaron el lugar en un icono del arte barroco típico de las construcciones del siglo 18. Para verlo más de cerca, nuestra pareja entra en su interior. Con estructuras bien conservadas, observan las tallas del altar mayor, el panel con la imagen de la Virgen María rodeada de querubines negros entregando el rosario a Santo Domingo. En el pasillo, están encantados con la galería de arte retratada.

Algo que destaca es el conjunto de imágenes repartidas por todo el templo. La gran mayoría representan santos negros: San Benito, San Baltazar, Santa Ifigenia, San Moisés, San Antonio de Catalagirona y San Elesbão. Pueden sentir visiones de un tiempo cruel e injusto. Una época en la que los prejuicios eran mayores que la dignidad humana.

Y un hombre que efectivamente puso esto en práctica fue su ex compañero de escuela Divine que dondequiera que estuviera bien y feliz. Menos era lo que la buena gente merecía.

Íntimamente, decide hacer una campaña personal por la libertad de expresión, la tolerancia y la igualdad entre los hombres. A pesar de haber quedado atrás, la época de la esclavitud en el país y en el resto del mundo todavía dejó dificultades financieras, educativas y de aceptación como consecuencia. Incluso hoy esto sucedió ya que el prejuicio relaciona color, clase social, opción política, orientación sexual, sexo y más claramente relacionado con religiones o credos como la secta Wicca, el tema central de este libro.

Lo que se pretendía mostrar era el valor personal de cada uno, las cuestiones de elecciones, los tipos de relaciones y la trayectoria personal de esta guerrera que, dejando el interior, buscaba ganarse la vida en la capital como primera etapa de su preparación personal y profesional. Es muy encomiable que esta iniciativa haya sido elegida como la novena etapa de la serie "El Vidente", la más importante de la literatura mundial.

Saliendo de allí, el grupo de amantes y otros turistas fueron renovados. El espíritu se mantuvo y con un poco más de esfuerzo volvieron al medio de transporte. Como ya era un poco tarde, decidieron buscar un lugar para merendar.

Caminando por la misma calle se encuentran con un sencillo snack bar. Al llegar al lugar, piden pasteles, baquetas, otros bocadillos, dulces, jugo de guayaba, pagan y comen allí mismo.

Un chico de la calle bajo y mulato llega con ellos y pide algo para engañar al hambre. No pierden la oportunidad y ejercen la caridad. Inmediatamente el niño los deja en paz. Esta es una realidad presente en casi todas las ciudades brasileñas. Las riquezas contrastan con la miserable realidad de muchos frutos de estructuras económicas injustas derivadas del capitalismo y el egoísmo humano. Algo que probablemente durará mucho tiempo y traerá lágrimas a la cara de la pareja. Qué bueno era que todos tuvieran esta conciencia de hacer algo para que esta realidad pudiera cambiar algún día. Saliendo de allí, regresan al lugar donde estaba estacionado el auto y buscan el siguiente lugar.

El espectáculo

Se desplazan de nuevo hacia el centro histórico del municipio en cuestión. Según la información recogida de los lugareños, habría un espectáculo al aire libre de una famosa banda de forró. Aceleraron el auto porque era casi la hora de que comenzara el espectáculo.

El momento actual de armonía refleja exactamente el espíritu confiado, dispuesto y motivado del dúo. Cada una de las aventuras vividas sirvió como entrenamiento en convivencia, adaptación y también fue un placer en sí mismo. Enhorabuena por elegir una ciudad con tantos atributos.

Como no estaban muy lejos en pocos minutos de persecución y esfuerzo lograron encontrar un lugar para detener el auto. El evento ya estaba lleno de gente. Se acercan más a los artistas. Con motivo de su destino, llegan a la hora exacta en que todo comenzó. Fue el concierto de la banda "Siempre te quiero", un fenómeno de musicalidad en el noreste de Brasil.

Disfrutan del momento bailando al son de la melodía y letra de genuinas canciones de forró para mostrar su amor el uno por el otro. Se trata de dos horas de emoción aprovechando la energía de otras personas a su alrededor. Magia con el poder de hacer olvidar nuestros mayores problemas.

Al final de la presentación, abandonan el escenario del evento caminando en la misma dirección en la que dejaron el coche. Afortunadamente, estaba cerca, y no tuvieron que hacer tanto esfuerzo para hacerlo. Por el momento, solo estaban pensando en descansar.

En el hotel

Estratégicamente cerca de la casa temporal, hacen el camino de regreso sin mayores problemas. Guardan el coche en el aparcamiento del edificio, cruzan el vestíbulo de entrada que comunicaba con la piscina. Su descanso es quedarse allí tomando una ducha, bebiendo una cerveza y comiendo delicias el resto de la noche. Pasan más de tres horas en estas actividades.

Cuando se sienten agotados, cuelgan la cuenta y caminando juntos, llegan al vestíbulo. Saludando a los asistentes que eran viejos conocidos y llevándose la llave de su esquina, comienzan a subir las escaleras completamente renovados y con más historias que contar. El ejercicio de levantamiento no era nada para aquellos que habían vivido tantas cosas buenas. Al llegar a la cumbre, en el pasillo, prueban la llave de la puerta y en el tercer intento lo consiguen. Ahora, se van a dormir. Hasta mañana, o más bien hasta el próximo capítulo, lectores.

Espacio científico

Pasando por una noche normal, nuestra pareja amistosa se despierta normalmente ayudada por los rayos del sol que entran por las grietas en la ventana del hotel. Lo primero que hacen es estirarse, levantarse de la cama e ir al baño en parejas. Si están en la caja donde abren la ducha, se enjabonan y tratan de ayudarse mutuamente en la eliminación de las impurezas adquiridas durante el otro día.

Este proceso de purificación del cuerpo y el alma es esencial para mantener y acercar a las parejas al tema de la intimidad y al hacerlo varias veces posiblemente estaban contribuyendo a una relación más duradera. En ese momento, era como si el tiempo se hubiera detenido y solo estuvieran los dos sin nada más que importar. Algunos malos hechos que sucedieron en el pasado fueron olvidados y superados porque la felicidad momentánea que estaban viviendo superó todas estas emociones, lo que sin duda fue un verdadero milagro.

En ese periodo mágico además de limpiarse unos a otros juegan, susurran secretos, intercambian caricias y se divierten con el poder del agua. Se ponen la toalla y salen juntos del inodoro, entrando en la habitación que es la habitación de al lado. Allí, usan ropa limpia, se maquillan, se peinan, usan buenos zapatos y finalmente se van.

En el pasillo se encuentran con algunos invitados, los saludan y comienzan a bajar las escaleras con ellos. El ejercicio les recuerda los giros que toma la vida en algunas situaciones. ¿Y quedarse sin absolutamente nada? Esto muestra lo fugaz que es correr detrás de las riquezas. He aquí, el Señor dice: Buscad primero mi reino y os prometo que no os faltará comida ni bebida. Otro ejemplo es el del líder corrupto que por intriga persigue al subordinado, cometiendo diversas injusticias contra él. He aquí, en otro momento se cae de su posición y precisamente necesitará a quien tan mal trató. En esta oportunidad, el ser humano ofendido tiene dos posibilidades: o perdonarlo y ayudarlo o aprovecharlo para vengarse. La primera opción es la que acerca el alma a la perfección.

Descendiendo paso a paso, valoran cada paso como una etapa de aprendizaje continuo y descubrimiento del mundo. Un mundo que les sonreía, invitándoles a arriesgarse siempre y buscar nuevos horizontes. Transformar el mundo a través de nuestras convicciones, siendo conscientes de que no hay una idea prefabricada, sino una voluntad de seguir aprendiendo y enseñando en una intensa red de intercambio de información con los demás.

Conscientes de ello, completan este paso y con unos pasos al otro lado del vestíbulo, llegan a la cafetería, que está compuesta por un patio lleno de mesas y un mostrador. En el contrato de alojamiento, el desayuno está en la casa, lo que les hace sentir libres de elegir las delicias para saborear avanzando en la cola para el autoservicio. Cuando llegan a su turno, eligen pan, queso, donas, tapioca, pastel, huevos y jugo. Con los platos llenos, regresan al patio donde eligen una mesa cerca del centro que estaba vacía y se acomodan en dos sillas una frente a la otra. El ruido circundante es intenso porque todos tenían la idea concomitante de comer, pero el ambiente era generalmente pacífico. Mientras comen, tratan de intercambiar algunas ideas.

"Es un día hermoso. Muchas noticias para hoy, ¿amor? (Beatriz)

"Sí. Estaba mirando la guía y hoy el día promete ser apresurado. ¿Te sientes bien? (Roberto)

"Mejor que nunca. Tengo la sensación y el deseo de que estos días duren el mayor tiempo posible.

"Yo también. No conoces la responsabilidad de ser socorrista. Lo peor ya ha pasado y aunque no es mi culpa, me estaba martirizando por lo que pasó.

"Es comprensible. Por otro lado, no tienes idea de lo que es sentirse presionado para dar lo mejor de ti tanto en el trabajo como en la vida escolar.

"¿Por qué te sientes así? Solo haz lo que puedas.

"No creo que se lo haya dicho todavía. Mis padres están desempleados, y yo soy su única esperanza para el presente y para un futuro mejor.

"¡Oh, Dios mío! Ya veo. Estoy seguro de que están satisfechos con su rendimiento.

"Ojalá. Su trabajo fue lo que me apoyó, y ahora es mi deber pagar.

"Mi salario es pequeño, pero mi familia es rica. Si quieres, puedo pedirles ayuda.

"Muchas gracias. Sin embargo, mi nueva posición en la compañía nos da suficiente para apoyarnos a usted y a mí.

Las lágrimas comenzaron a rodar por el rostro de la delicada Beatriz ante la amabilidad y preocupación de su prometido. Qué bueno había sido haberlo conocido en un momento en que ella ya no esperaba nada de la vida. Esto no importaba mucho en este momento. El hecho era que ambos tenían algo bueno que dar el uno por el otro y por esa razón, el compromiso se consolidaba cada vez más.

Robert se levanta, abraza a la novia por detrás y con sus dedos fuertes y gruesos quita las lágrimas de la cara de su pareja. Ella devuelve el gesto con una sonrisa cada vez más pacífica. Continúan en el ejercicio de alimentación. Permanecen en silencio hasta el final del desayuno. Luego deciden juntos comenzar la caminata del día.

Saliendo del túnel, pasan por el vestíbulo y llegan a la salida. Nada más acceder a las calles, una discreta sonrisa aparece en los rostros de los dos cómplices en esa aventura del conocimiento. La ciudad declarada Patrimonio de la Humanidad hizo una insistente petición interior para ser descubierta aún más.

El movimiento de vehículos y personas se encuentra dentro del rango normal en las calles visitadas, teniendo las características de ser estrechas, onduladas y con una vista privilegiada del conglomerado urbano de la ciudad. Esto estaba íntimamente ligado a los inicios del Brasil colonial.

Estaban en un paraíso con una afirmación mental optimista y un espíritu audaz y curioso. Esto probablemente los llevaría a importantes descubrimientos de secretos seculares ocultos en el velo de la historia. Los hechos contemporáneos lo demostraron. Para obtener más información, tendrían que comprometerse y arriesgar más.

En la primera parada de la señal, son abordados por un vendedor ambulante y para ayudarlo, compran cuatro unidades de trufas de chocolate. Eso es dulce. Como resultado de la ingestión de la comida, su pensamiento creativo mejora y están de mejor humor. Que el próximo punto turístico llegue pronto.

La ruta restante no se hace ningún problema con nuestros queridos personajes tratando de crear nuevas formas de distracción. El resultado es una relajación duradera y una atención seria a los próximos pasos.

Deteniéndose en un lugar disponible, los dos bajan del auto, lo cierran y con unos pocos pasos están frente a un gran complejo que se encontraba en la frontera entre los municipios de Recife y Olinda.

Apresuradamente, se acercan al lugar y, en la entrada, son guiados por un empleado que les da un mapa de orientación. Precauciones tomadas, avanzan llenos de expectativa, nerviosismo y confianza. Una especie de gran parque con construcciones humanas y todo el verde circundante. Mientras caminan en la parte inicial del lugar, descubren sus bellezas, aprovechando para tomar fotos para la posteridad. Están encantados con las pinturas, las diferentes esculturas, los dinosaurios, los hombres prehistóricos, los juguetes y la alegría de las personas que los rodean. Antes de que pudieran conocer mejor el exterior, decidieron entrar.

El primer lugar al que van es el planetario, que está abierto a los lados y tiene treinta y cinco asientos. El foco de estos es la cúpula situada casi en la parte trasera y que le daría un pasaporte a un mundo de delicias. Ven el momento de completar el viaje y a medida que lo hacen uno a la vez, comienzan a disfrutar de esa reliquia.

El funcionamiento del dispositivo es básicamente el siguiente: Con una gran semiesfera sobre tu cabeza, la sensación es que puedes ver innumerables cuerpos celestes en un cielo sin nubes y dándote la oportunidad de acercarte a ellos revelando detalles hasta ahora inimaginables. Toda la cúpula funciona como una pantalla de proyección. Con un poco de su experiencia, nuestra maga Wicca aprovecha el poder del dispositivo y juega un poco con las fases de la luna inconscientemente. Revelan sufrimiento, conocimiento, desilusión y redención no siempre en ese orden. Todo se puede revuelve. Ella ve un poco del pasado de su bisabuela: su lucha, desesperación y sueños. Era como si una voz delgada la llamara desde adentro. Sin embargo, sin mucha prisa, presión o imposición. Solo una invitación a ser pensado. Ella no se da cuenta cuando todo ha terminado. El novio llama su atención sobre su turno de disfrutar de esa rara joya. Esta experiencia permanecerá en secreto porque no todo debe ser revelado a los demás.

Entonces, cuando se completa el experimento del socio, se proponen descubrir un nuevo entorno. Con un viaje considerablemente corto, llegan al centro educativo. Es un entorno compuesto por laboratorios de matemáticas, física, química, biología e informática. Y la Física juega con juegos matemáticos y formas geométricas, además de leer un buen libro que contiene biografías de los hombres más importantes en esta área de especialización. En el laboratorio de Química y Biología, buscan conocer en detalle los experimentos mostrados. Aprenden básica sobre los medios digitales y disfrutan un poco navegando por Internet. Todo es muy nuevo, interesante y motivador para ellos.

Saliendo de allí, hacen una parada rápida en la sala de exposiciones, lo que los mejora a los conocedores de Pernambuco y la cultura del noreste. Aprovechan para mostrarse cariño el uno al otro, lo que provoca una lluvia de aplausos de las personas presentes.

La próxima cita es en el auditorio de la institución y ahí es donde van. En el camino, intentan caminar lentamente y disfrutar de toda la exuberancia de la realidad circundante. Para escapar de los problemas, la rutina diaria y las decepciones más internas. Un lugar tan sagrado de la misma manera que lo fueron la montaña de Ororubá y la gruta de la desesperación.

Al llegar al auditorio, se ponen de pie porque todas las sillas estaban ocupadas. La conferencia presentada se refirió a la preservación de la naturaleza y la sostenibilidad del establecimiento. Durante dos horas estuvieron distraídos allí, y al final de este período buscan el próximo programa.

Son solo unos pocos pasos que los separan del siguiente entorno y que pronto se cumplen. Están en el anfiteatro del lugar, que es una arena circular rodeada por un escalón al aire libre. Buscan ubicarse lo más cerca posible del escenario montado. Mientras esperan, intercambian información y demuestran el afecto que se tienen el uno al otro.

No pasa mucho tiempo para que aparezca el grupo responsable del espectáculo, y lo comienzan. Es el clásico "Romeo y Julieta", muy apropiado para la realidad en cuestión.

Beatrice y Robert se abrazan por unos momentos, rezando interiormente para no tener el mismo destino que las parejas enamoradas del pasado. A medida que los artistas se encuentran con el público, notan algo extraño en el escenario. Están en la fila para el vestuario tratando de resolver estas dudas.

Cuando es su turno de abrazar a los actores, sonríen con Romeo. No había más dudas. Había un viejo conocido suyo.

"Me alegro de que hayas disfrutado de la pieza. Tu presencia en honor a mí fue muy importante para mí. (Angelus Protector)

"Amigo mío, qué coincidencia. No sabíamos de tu talento. (Roberto)

"Aprende una cosa: no hay coincidencias. Cada persona que entra en tu vida tiene una fuerte razón para estar allí. Pero ¿está todo bien contigo? (Ángelus)

"Soy genial. (Roberto)

"Estábamos tan concentrados en el programa que solo nos dimos cuenta de ti hace un rato. Perdónanos por eso. (Beatriz)

"Sé que no fue a propósito. Es natural porque la historia es muy atractiva. (Ángelus)

"¿Qué dices que nos volvemos a encontrar? (Roberto)

"Creo que esta es una buena señal. Significa que tenemos un "Sentimiento" espiritual. Estoy aquí a sus órdenes. (Ángelus)

"Gracias. (Roberto)

"¿Tienes prisa? ¿Qué dices de acompañarnos durante el resto de esta gira? (Invitada Beatriz)

"¿Juro que no los molestaré a ustedes dos? (Ángelus)

"No se interpone en el camino en absoluto. Su presencia es muy apreciada. (Beatriz)

"Eso también está bien conmigo. (Roberto)

"Será un placer. Lo sé bien aquí. ¿Qué lugares has visitado? (Ángelus)

"Caminamos por la Sala de Exposiciones, el auditorio, el planetario, el centro educativo y finalmente aquí en el anfiteatro. (Beatriz)

"Genial. Todavía quedan muchas cosas por descubrir. Aquí es enorme. Sígueme. (Ángelus)

Ángelus camina un poco, sale del vestuario, baja las escaleras, camina por el anfiteatro y lo abandona. Todos estos movimientos están acompañados por la pareja de amigos que fueron honrados por su presencia. El paseo sería enriquecido por una persona maravillosa con una mente ingeniosa y brillante.

Siguen caminando y con poco tiempo ya tienen acceso a la zona externa del sitio. La primera parada obligatoria es un manglar de rara belleza y significativo en estudios biológicos. Caminando con cuidado, aprecian todo lo que el entorno les ofrece. La transición entre los ambientes terrestres y acuáticos le confiere un encanto especial: Vegetación compuesta por halófilos vegetales con largas raíces. Algunos ejemplos de especímenes de plantas son el mangle rojo, el mangle blanco, el mangle negro, el mangle botón y la coctelera. La relación con el suelo se caracteriza por ser húmedo, salado y fangoso, lo que obliga a nuestro trío de amigos y otras personas a ser prudentes donde pisan. En un momento, la maga suelta un pequeño grito y corre de un lado a otro con algo colgando de su pie. El novio y su amigo la ayudan con cuidado. Es un cangrejo que se burlaba de su pie. Probablemente complacida por el hecho de que tiene una piel suave y sedosa. Todavía asustada, pide salir de allí.

Debido a que tienen un espíritu aventurero y deportivo, comienzan una caminata en el sendero ecológico. El ritmo de los pasos es regular, lo que les permite apreciar la naturaleza e intercambiar información en el camino. El Maestro Wicca Angelus aprovecha la oportunidad para enseñar un poco de lo que ha aprendido en relación con el estado natural mismo.

"Todo esto alrededor es un espectáculo maravilloso. Nosotros, como seres humanos, tenemos la obligación de preservarlo para las generaciones futuras. Necesitamos cultivar nuestro espíritu para entender las entidades naturales y disfrutar de su condición.

"Todo esto está muy cerca de mí. Mi sangre palpita en busca de una explicación de este misterio que me vincule al estado original. Es así y yo era uno. (Beatriz)

"Tómalo con calma. En el momento adecuado, las respuestas llegarán. Entiendo que tu fase actual es la de descubrirte a ti mismo y al mundo exterior. Disfruta de estos momentos como si fueran los últimos y no te preocupes por nada más. (Ángelus)

"Ya se lo dije. Sin embargo, a veces se impacienta un poco. Trato de dar mi máximo apoyo, pero el contacto con personas experimentadas como tú tiene más sentido que nunca y por lo tanto un efecto más efectivo. (Roberto)

"Gracias por su confianza. De hecho, estamos aquí con el objetivo de aprender unos de otros. (Declarado el humilde maestro)

"Mi bisabuela se llamaba Estrella Fernández. Según lo que me dijeron, ella era una persona reservada, pero cuidaba bien de los niños y era considerada una mujer de buena fe y oración. Los malentendidos de la época lo mantuvieron en secreto en todo momento para el público. (Beatriz)

"Estrella ... Estrella Fernández...... Ese nombre no me es extraño. Permítanme tratar de recordar.......................! ¡Guau, estoy completamente asustado! Su bisabuela es la legendaria Estrella, símbolo sudamericano de la resistencia de la Wicca. Ella tenía gran poder y conocimiento oculto. Es la Wicca más respetada conocida. Sospechaba mucho. Su influyente aura magnética siempre me ha desafiado. Ahora entiendo por qué. (Ángelus)

"Me siento halagado de saber eso. Creo que tengo un poco de mi antepasado en la forma firme de ver la vida. Sin importar las consecuencias. Lo veré a través.

"Muy bien. Preveo los frutos de su persistencia en el futuro. Te has ganado un buen admirador en el buen sentido. (Ángelus)

"Gracias. (Beatriz)

"Ten cuidado, chico, esta mina ya tiene dueño. (Robert con una cara mala)

"Cálmate. (Ángelus)

"Estoy bromeando. (Dice Robert riendo)

El buen humor de Rober t infecta a todos, y se ríen mucho. La caminata continúa con ellos mirando algunas curvas, pero con la mayor parte del camino en línea recta. El espacio es realmente enorme con doce hectáreas en total. Como llevan mucho tiempo caminando, completan un tercio del camino, y sienten el máximo al pasar este punto. El viaje continúa.

El sol se calienta un poco. El esfuerzo combinado con la temperatura produce mucho sudor en los cuerpos del trío. Afortunadamente, habían usado una gran cantidad de desodorante antitranspirante evitando así el mal olor. Internamente, tenían conciencia del valor de la limpieza y la apariencia en cualquier relación. Lo que no les impidió ser éticos, transparentes, generosos, caritativos y auténticos. Digamos que las cualidades se complementaban entre sí. Probablemente, no alcanzarían la perfección en la tierra. Lo que realmente importaba era mantener la voluntad de ayudar a los demás, estar agradecido por el don de los dones y la vida, amar a Dios, a ti mismo y a todos sin falsedad. La gente trata de enmascarar sus acciones. Sin embargo, no pueden engañar al "Señor" que conoce a todos y terminan cayendo en contradicción en una profunda desgracia. Reciben esto como lo que se paga por sus obras. ¿Qué podemos ofrecer a cambio de nuestros sueños más profundos? Se concluye que todo camino es válido, pero no siempre conduce a la felicidad, el éxito, el placer y la realización, siendo esto una enseñanza en cualquier creencia, religión u orientación. La dulce joven parece darse cuenta de esto de inmediato.

Pasando el punto medio, crean un estado de ánimo adicional, y ni siquiera parecía que hubieran estado caminando durante mucho tiempo. En un momento dado, se detuvieron y se tomaron una foto juntos. Este fue el primer recuerdo que tuvieron y por esa razón, fue especial. Se ríen de sí mismos. Sin zapatillas adecuadas, sin pantalones cortos, sin blusa o camisa suelta. Tenían grueso, zapatos de vestir y gafas de sol. Es por eso por lo que emitieron más sudor y gas, molestándolos un poco a veces. Afortunadamente, no era frecuente.

Más adelante, se encuentran con payasos, artistas de televisión y cine que participaban en un reportaje especial sobre el lugar y sus atractivos. Además de saludarlos, aprovechan para conseguir un autógrafo e intercambiar algunas palabras. La atención necesaria que provoca admiración a los aficionados. Esto no era común. Generalmente, a los que están en la cima de la sociedad no les importa quién está en la parte inferior generando el pensamiento común de que solo valemos lo que tenemos. Espiritual de la gente hace lo contrario: eleva a los humildes y derrota a los arrogantes, vea el ejemplo de Jesús.

Se despiden y continúan adelante, completando las tres cuartas partes de la ruta. Aprovechan la ocasión y promueven una parada rápida en un pequeño stand cerca del sendero. Ya rehechos, retoman la caminata con aún más vigor.

La última parte del sendero tiene una carga menos dramática y un ritmo de caminata más relajado. Era como si no tuvieran prisa por llegar a donde querían, disfrutando de ese momento mágico junto a esa naturaleza exuberante y en la agradable compañía del otro. De hecho, estar allí fue realmente un gran premio, y solo se detienen al final del sendero descansando en el suelo y organizando un picnic con los productos que compraron para aliviar su hambre. Se ayudan a sí mismos y mientras comen, charlan ausentes.

"Ha pasado un tiempo desde que me presté a un ejercicio como este. Excelente de hecho. (Beatriz)

"A mí también me encanta. Mi ocupación de socorrista siempre ocupa mucho de mi tiempo y había olvidado lo bueno que es caminar. (Roberto)

"Recomendaría que siempre hagan esto porque el ejercicio físico regular trae muchos beneficios para la salud. Ejemplos de esto son: Mejora en el funcionamiento del sistema cardiovascular y respiratorio; Disminución del nerviosismo, la molestia y la ansiedad; Fortalecimiento de la articulación ósea; intelectual; Reducción de los factores de riesgo que causan enfermedades cardíacas, presión arterial alta, diabetes, obesidad y enfermedades óseas; Control de peso y estabilidad; Fortalecimiento del sistema inmunológico; Menor riesgo de desarrollar cáncer y mejor rendimiento sexual.

"Sus consejos son excelentes. Nos esforzaremos en esa dirección, ¿no amaremos?

"Absolutamente. (Beatriz)

"¿Qué tal si tomamos este momento y nos conocemos un poco mejor? (Ángelus)

"Creo que es una gran idea. Empiezo. Soy de Filadelfia, capital de Pensilvania, una provincia estadounidense. Nací en una familia de clase media alta que posee una cadena de tiendas de comida rápida. Estoy viviendo una vida social ocupada. Sin embargo, a pesar de la mayordomía, mis padres insistieron en enseñarnos valores éticos humanos, profesionales y religiosos. Crecí dando el debido valor a las cosas importantes de la vida, y especialmente al amor. Madeleine fue mi primera novia y esposa. Debido a mi inexperiencia, fui más allá de las etapas, lo que llevó a un matrimonio precoz. En diez años de convivencia, tuvimos momentos buenos y malos, pero llegó un momento en el que no pudimos seguir más por el conflicto de ideas y sueños. Nos separamos. Vine a Brasil para retomar la vida, y ella se fue a Europa a luchar por su sueño de ser modelo profesional. Algún tiempo después, nos restablecimos y vimos el éxito del otro. Tenía recuerdos generales y dos hijos criados por mi abuela materna quedaron de esta relación. En Brasil, encontré paz y gente carismática que me acogió muy bien. Fue cuando conocí a Beatriz en la playa y la salvé de la muerte. Allí mi vida realmente tomó una nueva dirección. (Roberto)

"Estoy feliz de ser parte de tu vida. Mi historia es muy diferente a la de mi pareja. Sin embargo, esto nunca me desanimó. Paralelamente al trabajo en la granja, estudié y soñé con días mejores. Mi primera experiencia en el amor fue a la edad de doce años. Me enamoré de Romão, un profesor de educación física. Era poco tiempo, pero me bastó para estar encantado con el animal macho. Después de la separación, me concentré en mis estudios, viviendo coqueteos esporádicos con poca importancia. Viví en este nuevo entorno durante tres años, terminando la escuela secundaria. Había sido un gran logro para mí, un campesino común, graduarme. Ingeniería civil aprobada en esta última. Concomitantemente, conseguí un trabajo que me llevó a la necesidad de residir en la capital. Al llegar aquí, mi vida cambió completamente en todos los sentidos. Hoy en día, estoy saliendo, bien empleado, asistiendo a la universidad y con total certeza de que estoy justo al comienzo de mi trayectoria. (Beatriz)

"Pensé que su testimonio era hermoso. Ahora es mi turno. Soy de Olinda, pero tengo ascendencia estadounidense con abuelos paternos de allí. Desde pequeño me introduje en este entorno empresarial, alternando con la propia formación escolar. Me formé como administrador y fui nombrado en asamblea para administrar el negocio. El teatro me dio la sensibilidad necesaria para entenderme mejor a mí mismo y a los demás. Con respecto al amor, nunca creí que pudiera encontrar a alguien capaz de darme felicidad. En mi opinión, la felicidad está más presente en el entorno espiritual. Es un área que siempre me fascinó. Fue buscando respuestas a mis constantes dudas que descubrí a través de un amigo en común un hechicero Wicca. Al darse cuenta de mi deseo, me ofreció un entrenamiento y acepté. Profundicé mis estudios al convertirme en maestro y sacerdote de la secta. Ahora, estoy aquí, con ustedes dos en esta hermosa gira. (Ángelus)

"Estoy empezando a entender un poco de la línea que inevitablemente nos une. La revelación de tener un ascendente Wicca, las premoniciones, los hechos que trascienden la razón, el hombre de la iglesia, el poder telepático y astral, nuestros encuentros. al mismo tiempo coherente. (Beatriz)

"Chica inteligente. Sin embargo, estamos en un momento temprano para sacar conclusiones. Deja que la rueda de la vida nos lleve al destino correcto. Lo que se puede concluir ahora es que buscamos lo mejor para nosotros y nuestros seres queridos a menos que nuestras dudas se resuelvan y encontremos la luz. (Ángelus)

"Sabré esperar. Tengo mucho tiempo para eso. (Beatriz)

"Yo también. (Ángelus)

"Mientras esperamos, comemos. (Roberto)

Todos se ríen. El buen humor de Robert era una cualidad notable de ese hombre rústico, varonil, tierno, cariñoso y generoso. La conversación parece enfriarse mientras se encargan de terminar la comida. Su aura mística palpitaba creando una atmósfera de paz, retiro y tranquilidad. Nada parecía común por estar en la región metropolitana de la capital. Esta fue la novena etapa de la serie vidente, la saga más importante de la literatura mundial.

Estando seguros de las expectativas positivas, procedimos con la narración. Después de la merienda, descansan unos momentos y solo entonces se levantan y reanudan la caminata. Después de la primera etapa, ahora comienzan a caminar por el segundo sendero, llamado el sendero de los descubrimientos.

El recorrido total constaría de varias etapas que prometían mucho. Comenzando con el primero, sus pequeños corazones están llenos de expectativas, esperanza, curiosidad y alegría. ¿Qué se presentaría? Esperaban la emoción, el suspenso, el drama y la aventura como la coronación de sus esfuerzos físicos y emocionales. Era un grupo cohesionado, decidido y optimista sobre los próximos pasos. Están frente a un estanque circular, una riqueza en medio de la situación actual del agua en el estado. Al acercarse a las orillas, beben un poco de agua. En este momento, el maestro reza una oración, lava sus brazos dentro de la porción de agua y al llegar junto con la pareja, los bendice con un extraño letrero en la frente. Sienten un escalofrío en ese momento. No tardan mucho allí y obedeciendo la señal del maestro ya siguen el viaje en la segunda etapa del sendero.

Ya es tarde y una ligera lluvia empieza a caer sobre el lugar. Como no lo esperaban, estaban desprotegidos, lo que hace que los cuerpos sudorosos y cansados del trío se mojen. Era natural que lo recordaran en ese momento más que apropiado. No se lo recomiendo a nadie por el peligro de ser golpeado por rayos. Esperan unos treinta minutos para que todo se calme y luego reanudan el viaje épico. ¡Sí, eso es lo que pensabas, lector! Estaban teniendo relaciones sexuales y cuando son descubiertas se van como si nada hubiera pasado. ¡Qué pena! Afortunadamente, no había niños cerca porque estarían traumatizados.

Entran en la parte específica llamada bosque oscuro. Es un bosque cerrado que según la leyenda aprisiona el alma de soñadores y amantes. Para evitar esto, el maestro enseña una oración Wicca que minimiza los efectos negativos del medio ambiente. Fue la primera lección secreta transmitida a los dos sin siquiera ser entrenados oficialmente. Estacionado junto al árbol de la sabiduría, el hechicero promueve un ritual en el que participa el mago Wicca. Según el jefe, esto ayudaría a desarrollar sus dones como la precognición, las visiones y el contacto telepático con seres de izquierda y derecha.

A partir de la cuarta etapa cambian de dirección del centro al sur. En cierto punto, por orden del maestro, se acercan a la pared de protección y lo que era solo un bloque de ladrillos en su visión se convierte en un abismo profundo, caliente y fangoso. Parecen flotar sobre el precipicio y en el fondo pueden ver a sus hermanos malvados gimiendo y clamando por ellos. En el lado opuesto, la luz y la esperanza de no caer en la perdición.

El éxtasis termina, salen del trance y siguen avanzando. Un poco más adelante tienen acceso a un campo despejado, un cielo azul crudo y una luna brillante a media tarde. Fue una prueba para esa joven y recordar las revelaciones de su padre en medio de una atmósfera de incertidumbre. La Wicca no era fácil en un mundo lleno de prejuicios, maldad, intolerancia y apariencias. Era necesario mantener el control y el sincretismo que siempre creyó, aunque su verdadera alma gritaba la verdad todo el tiempo. Todo estaba en el plano de las ideas, y tal vez se materializarían a su debido tiempo. Tras este intento, parece confiada y satisfecha, poniendo el trabajo hecho por ahora. El final del sendero los lleva al punto de partida. Con besos y abrazos, se despiden.

Reconocen que el espacio de la ciencia fue, sin duda, uno de los mayores entretenimientos de la cultura Pernambuco. El objetivo general era propagar la educación y la ciencia en general con un fuerte desempeño social. Se trata de un espectáculo itinerante con todos los adjetivos, y que no prescinde de ser visitado a su paso por la capital de Pernambuco.

Por fin ha llegado el momento de marcharse, y nuestros amigos lo hacen de la forma más elegante posible. Superando el obstáculo de salida, buscan la siguiente parada porque todavía eran las tres de la tarde.

Una parada para un aperitivo y un recorrido por la historia de Brasil

Desde la frontera entre Recife y Olinda, ahora buscan el distrito de Ribeira, más precisamente, la dirección de la calle Bernardo Vieira de Melo. Son campeones en optimismo y disposición. ¿Cuál era el secreto de esto? Uno de los principales factores fue la experiencia en los contrastes de la vida, especialmente en las derrotas y la tristeza impuesta. La actual involucraba la relación, la vida profesional, el pasado, el presente y el futuro. Tenían que ser cautelosos en el control de sus acciones.

Buscan distraerse en el camino entre conversaciones, juegos, intimidades, concentrándose en la imagen rústica de esa ciudad histórica. El viaje se fue convirtiendo en un verdadero laboratorio cultural, humano, espiritual, social y religioso que comprendía todas las aspiraciones involucradas. Comienzan a deambular por la calle en cuestión.

El primer punto al que van es el mercado de Ribeira, un edificio construido entre finales del siglo 17 y principios del siglo 18. Con un carácter típico colonial, el edificio cuenta con pisos de ladrillo y porches con pilastras. entre las galerías donde compran artesanía local. Luego compran una pintura que muestra una granja en uno de los talleres de impresión y pintura. En el centro, compran alimentos listos para comer para un refrigerio rápido. Ellos finalmente dejar el lugar con un poco de prisa.

Caminan un poco más lejos, sin desperdiciar la oportunidad de conocer las ruinas del antiguo Senado de Olinda. Solo quedan unos pocos vestigios de las paredes del antiguo edificio histórico debido desafortunadamente al abandono de la sociedad en general. Hay, sin embargo, algo importante: una estrella que indica un hecho importante que ocurrió allí. Hay una fundación de la república entre nosotros". Históricamente, recordando que esto sucedió siete décadas antes de la Revolución Francesa y sesenta años antes de la independencia de los Estados Unidos de América.

Bernardo Viera de Melo, nacido en Muribeca en 1658, fue un maestro de ingenio cañero que se dedicó a la vida militar. En su vida personal, se casó dos veces con un total de cuatro hijos. En su vida profesional destacó en la Guerra del Quilombo dos Palmares. En reconocimiento a su labor, fue nombrado Gobernador de Rio Grande do Norte el 01/08/1695 donde desarrolló una hermosa obra de pacificación indígena. Regresando a Pernambuco el 25/09/1709, fue nombrado Sargento Mayor.

En su actuación política, buscó defender a la aristocracia Pernambuco de Olinda en Confrontación con las fuerzas de Recife. Cuando el Reino de Portugal mostró a través de sus actos formales una clara protección para Recife, él y su grupo se rebelaron, causando que estallara "La Guerra de los Vendedores Ambulantes". El resultado de sus esfuerzos destituyó al gobernador de la época que huyó. Mientras tanto, Bernardo dio el primer grito de la República en el Senado de la Cámara de Olinda, donde ocupó el cargo de concejal. Con las pretensiones de su grupo derrotadas, fue condenado.

El castigo por su revuelta fue el exilio en Lisboa, en el que terminó muriendo debido a un envenenamiento por dióxido de carbono cuando encendió una estufa de carbón. Murió, pero hizo historia. En su honor, una avenida en Jaboatão de los Guararapes y otra en Natal llevan su nombre.

Volviendo a la narración, la pareja, después de tomar numerosas fotos y disfrutar del paisaje, se dirigió de regreso al lugar donde estaba estacionado el automóvil. En este corto viaje, sus frágiles pensamientos pasaron a carecer de importancia.

Al llegar con el medio de transporte, entran en el vehículo, descansan un poco y ya están preparados para quedarse en la aventura cultural que están haciendo pronto. Que Dios siga bendiciéndolos, y estoy seguro de que los buenos lectores con sus altos pensamientos desean lo mejor para dos.

Severina Paraíso da Silva- Museo Madre Biu

El siguiente destino que estaba relativamente cerca estaba ubicado en la calle Severino Paraíba da Silva, barrio de San Benito, Olinda. Comenzaron a recorrer la distancia entre los puntos de una manera tranquila, esperanzadora y auspiciosa. Estamos hirviendo de alegría, de contemplación de lo que es verdaderamente bello, como la cultura nororiental y Pernambuco. Aliado a eso, la relaci cada detalle, gesto, afecto y desapego mutuo. Es la confrontación de ideas era inevitable en algu embargo, esto solo fortaleció su unión, que era herr

Es en esta mezcla de sentimientos que termi viaje en un tiempo récord. Aparcar en un lugar seg el coche, están frente a otro elemento cultural de C Severina Paraíso da Silva instalado en una casa se amplia y corta. Destaca la fachada con i pertenecientes a la religiosidad africana.

Guiados por los lugareños, llegan a la exposici este entorno, tienen amplio acceso a la colección de ochocientas fotografías, mapas, textos, vajill religiosas, así como instrumentos musicales q principales hechos y aspectos de la nación Samba biu, durante unos cuarenta años conservó los ritos y por sus antepasados. Todo es tan hermoso que ni si del tiempo que pasan allí.

Un poco más tarde, se dirigen al siguiente ent biblioteca. Allí, entre decenas de estantes, deambul relacionadas con el universo cultural afrobrasileño religión, la historia, las artes con una contextualiza de Brasil y de Pernambuco. Además de estos, la co obras de referencia. Lo que más llama la atención de del vidente, especialmente la titulada "El testament fruto de las experiencias del autor con lo divino. É padre espiritual, que es un ser desprejuiciado, de m que algunas personas piensan.

Una vez más, la figura de Divine, su ex compañe la mente de esa joven transformada por los hechos d los buenos momentos y trató de olvidar los malo habría sido la separación de su inseparable amigo de

n se fortaleció con
cierto que a veces
as situaciones. Sin
osa y prometedora.
an completando el
ıro, bajarse y cerrar
linda. Era el Museo
cilla, casa modelo,
teresantes figuras

ón documental. En
lel museo con más
, objetos y piezas
e representan los
uya líder, la madre
radiciones dejados
uiera se dan cuenta

rno importante, la
n y manejan obras
que tratan sobre la
ión con la historia
ección cuenta con
uevo son las obras
contemporáneo",
conoce a nuestro
nera diferente a lo

a de escuela cruza
la vida. Absorbió
. Un hecho triste
clase que esperaba

Robert admiraba a su
conocer a una criatura
r eterno.
l reloj y retroceden. Ya
decidieron regresar al
regreso al centro para

su movimiento, plazas,
cia especial. Fue el final
de noticias. Era muy
r que les sonreía en cada
deseo y el de todos los

y eran cómplices de sus
npo muy razonable. Al
odos los presentes e
Se acomodan en sillas
as observan el buen
sopa de pertenencias de
arse y hablar un poco.
oria. Estoy orgulloso de
nento a tu lado. (Beatriz)
es preciosa. (Roberto)
ue está sucediendo es por
oso amigo que nos rodea?

n este momento. Con la
no lo que está sucediendo
smo tiempo contiene un

"Depende de nosotros tomar nuestras decisiones y al mismo tiempo dejarnos llevar por esta gran fuerza que muchos llaman destino. Estoy seguro de que hay algo bueno al final de esta historia. (Beatriz)

"Exactamente. Dios bendice a los justos. (Roberto)

"Lo que mi intuición dice ahora es que este es el momento de trabajar. Tenemos un largo camino por recorrer. (Beatriz)

"Por supuesto, amor. Tendremos mucho tiempo para analizar todo esto que está sucediendo a nuestro alrededor. (Roberto)

El asistente se acerca con la orden e instantáneamente el silencio cae entre los dos. La discreción era necesaria en todo momento porque el lenguaje del mundo era más grande de lo que imaginaban. Se sirve la sopa, el extraño se va, y luego son libres nuevamente para reanudar la conversación.

"¿Qué piensas de Angelus Protector? (Roberto)

"Un tipo verdaderamente poderoso y sorprendente que entra y sale de nuestras vidas a través de un simple juego de manos. Él simplemente existe, y siento que tiene una gran importancia en los engranajes de nuestras vidas. (Beatriz)

"Yo o creo que es importante. Para bien o para mal existe. (Roberto)

"Como todos nosotros. Recordemos que lo que define si una persona es buena o mala son sus obras y no su elección religiosa. (Beatriz)

"Es este mensaje el que poco a poco quiere transmitirnos. (Roberto)

"Creo que es otra flecha que el camino nos ofrece. Cada persona que entra en nuestras vidas tiene algo que mostrarnos, que añadir a nuestras convicciones y cosmovisión. Cada momento es importante, y el nuestro ahora es disfrutar de este viaje maravilloso. (Beatriz)

"Sí. Preocupémonos por el futuro más adelante. (Roberto)

La conversación continúa por un tiempo más, centrándose en otros temas como la política, la religión, los deportes y las relaciones. El televisor del techo está encendido y cuando termina la comida, pueden concentrarse en una película interesante.

Después del programa, abandonan el entorno, pasan por el vestíbulo y comienzan a subir las escaleras buscando el primer piso. En este momento, el cansancio, el agotamiento, la alegría, la expectativa, los sueños, el miedo, la vergüenza y la esperanza se mezclaron en los corazones de nuestros personajes más queridos. ¿Qué les esperaba en los próximos días en este viaje tan rico culturalmente? Sin duda vivirían momentos memorables disfrutando de la presencia del otro, del entorno en sí y de la posición mística de ese lugar centenario.

Completando la subida, se retiran a su habitación, tienen sexo como cualquier otra pareja y se duermen. ¡Que lleguen los próximos capítulos de esta historia!

Fuerte de San Francisco de Olinda

Nace un nuevo día. Aparece el sol, una fina brisa suaviza el calor y acomodados en la habitación del hotel "Rayos de luz" nuestros amigos se despiertan poco a poco. Haciendo un gran esfuerzo, logran levantarse y comenzar las primeras actividades del día. Temprano, proponen conjuntamente salir y caminar en las cercanías. Y así lo hacen. Cerrando la habitación, bajan las escaleras y cuando se completa este paso, entregan las llaves de la recepción. La puerta de entrada y salida y al pasarla tienen acceso al jardín y al estacionamiento, pero no paran. Pasando la puerta principal del edificio, tiene acceso a las calles, elija la dirección norte y comience a cronometrar la actividad.

La calle es tranquila en este momento, con poco movimiento de coches y peatones. Caminan uno al lado del otro disfrutando naturalmente de la arquitectura urbana, el cielo azul, las otras parejas además de su propio pensamiento interior. Este ejercicio es ideal para la salud mental y la física de los dos y le recuerda el interior y la visita al espacio de la ciencia. Buenos momentos que no vuelven, pero que podrían ser rescatados en otra oportunidad de visita.

En el camino del paseo, encuentran una plaza florida y bien cuidada, aprovechando para recorrerla. También hacen la buena acción del día dando limosna a un anciano cojo. ¿Está jubilado y solo se está aprovechando de su buena voluntad? Esta es una posibilidad real, pero no se centran en ella. Lo que importaba era el acto de ayudar y si hubieran sido engañados el universo le haría obtener el retorno que merecía.

Al salir de la plaza, comienzan a regresar al hotel. El sudor corre por sus poros, pero la satisfacción mostrada en sus rostros era evidente. Las vacaciones en Olinda les daban la oportunidad de descansar, reflexionar sobre hechos importantes y visitar sitios históricos. Incluso si no volvieran allí, no olvidarían estos increíbles momentos nunca más.

Caminando por el pequeño sendero, observan cada detalle de ese entorno rústico y hospitalario. Todo en la ciudad era agradable: la amabilidad de la gente, la proximidad a los sitios históricos, el clima, la seguridad era razonable y las carreteras proporcionaban un buen acceso. Que realmente había un lugar sagrado porque tenía la magia de hacerte olvidar todos tus problemas.

El intento de comprender lo sagrado relacionado con los acontecimientos personales los impulsó hasta este punto y esta aventura había revelado cosas sorprendentes. Continuarían avanzando, y el siguiente paso era regresar a la casa temporal, lo que se logra en solo unos minutos. Entrando en el entorno externo y en el interior, se trasladan a la habitación superior. Se colocan en la línea de autoservicio y cuando es su turno, llenan los platos con las más diversas frutas, cereales y dulces y se dirigen a la mesa de la izquierda, que estaba vacía.

En el lugar antes mencionado, comienzan a comer e intercambian rápidamente ideas sobre todo lo que estaba sucediendo entre ellos. Tenían fracaso a su habitación privada. En su interior comienzan una serie de actividades placenteras: tener sexo, ducharse, vestirse y maquillarse. Ir más allá de la salida, llegar al aparcamiento, entrar en el vehículo y accediendo a la zona exterior iniciar el recorrido del día. ¡Vamos junto con ellos!

Ya eran las ocho de la mañana cuando inician el recorrido. El sol calienta un poco más, lo que les obliga a abrir las ventanillas laterales del coche para que sientan la acción de un viento reconfortante. La estrategia funciona porque están más tranquilos. Hacia adelante, se centran en el camino en sí.

En cierto punto, discuten las prioridades, lo que crea una especie de vergüenza entre ellos. Pero no se tarda mucho en maquillarse y seguir avanzando por el camino. El objetivo principal al llegar allí era visitar el Fuerte de San Francisco de Olinda. Volvamos a lo que la historia nos dice para entender exactamente lo que este monumento representa en nuestra cultura.

En 1629, se construyó la primera fortificación, que era un baluarte en limpieza y tierra cubierta con piezas de bronce para defender el puerto de Olinda. Este puesto fue conquistado por las fuerzas holandesas y ampliado. Regresó a Portugal en 1948. En los primeros años del siglo 19, fue reconstruido en mampostería y a finales del mismo siglo, a mediados del otro, sirvió como faro de la ciudad. En 1977 se llevó a cabo la restauración, permaneciendo en buen estado hasta nuestros días.

Volviendo al eje narrativo, la pareja aparca su coche en una calle cercana. Hay un hombre de espaldas, y cuando se volvió para enfrentarlos, se llevó una agradable sorpresa.

"¡Dios mío! ¡Estás aquí de nuevo! (Roberto)

"Espero no estar molestando. A partir de ahora, estamos destinados a reunirnos varias veces. (Ángelus)

"Es un gran honor para nosotros tener tu presencia, ¿no es amor? (Beatriz)

"¡Por supuesto, absolutamente! (Roberto)

"Gracias a ambos. Te acompañaré hoy. ¿Qué tal si entramos y conocemos este encantador lugar? (Preguntó Ángelus, refiriéndose a Fortín)

"Solo si es ahora. (Roberto)

"Vamos. (Coincidió Beatriz)

Entrando en el interior del monumento a través de una rampa de cemento, se tiene acceso a la caseta de vigilancia. En las paredes fijan su mirada en los viejos cañones que quedan allí y, como en un regreso al pasado, parecen sentir todos los hechos que sucedieron en la toma y retoma de ese fuerte. Derramado por los poderosos, como en toda disputa, hacen que el trío derrame lágrimas copiosas e insistentes. Al instante, el maestro propone una oración por los muertos en combate, y forman un círculo. La oración se vuelve ferviente azul, las chispas del alma de luz y verde llenan el ambiente bailando en celebración que denota que el hechizo de perdición que los mantenía unidos al lugar se había roto. Al final del ritual, el jefe expulsa su poder oculto, dando a esos pobres espíritus una guía a la luz.

Cuando todo está más tranquilo, abandonan el fuerte, dan un paso rápido en la playa y se dirigen en otra dirección en busca del siguiente punto.

Playa del Carmo

Son solo unos momentos intensos de viaje hasta llegar a los alrededores de la playa de Carmo. Por un momento alisando su cabello, ropa y postura. Beatriz estaba compuesta por una blusa de seda entreabierta, pantalones cortos y sandalias. El novio llevaba pantalones cortos, camisa a rayas, sandalias de playa y gafas de sol. El maestro normalmente estaba vestido todo de blanco. Siguiendo las orientaciones de este último, necesitaban caminar a lo largo de esta costa del Borde, sentir las vibraciones de las entidades del mar y encontrarse como yo lo hice en el libro "Yo soy". Están sintiendo los designios del cosmos, de la fuerza de la naturaleza, de su pequeñez y de la infinitud del universo. Era como si ahora supieran exactamente el papel que les correspondía en la trama de esta historia.

Tras este ejercicio, completan el recorrido bañándose en el mar y practicando deportes acuáticos. En este momento, algo realmente triste sucede. Uno de los compañeros de baño tiene un calambre y comienza a hundirse en mar abierto, pero nadie se da cuenta de inmediato porque estaba un poco lejos. Después de todo, ya inconsciente, es rescatado y llevado por sus amigos a la superficie. Todos tratan de revivirlo, pero los intentos son inútiles. Sintiéndose desesperado, Angelus dice una misteriosa oración y en algunos momentos antes un hombre misterioso aparece ante ellos, besando al joven inconsciente que logra revivirlo de inmediato. Como gesto de agradecimiento, lo invita a tomar un refrigerio en uno de los bares cercanos. Por suerte, acepta y el cuarteto se traslada a un lugar tranquilo.

El bar y restaurante " rincón feliz " son un lugar estratégicamente ubicado cerca de la playa de Carmo. Alrededor de una mesa ubicada en el lado izquierdo, el cuarteto se sienta en sillas, pide dos pescados hervidos y mientras esperan, charlan felices entre sí. El lector no lo sabe, pero le advierto que este es un momento esencial en toda su vida.

"Mis amigos, permítanme presentarles: Este es el gran Mesías pescador, hombre de Dios capaz de hacer milagros. Mi oración fue escuchada, y él vino a presentarnos su presencia salvando a ese joven. ¡De nuestras diferencias, señor! (Ángelus)

"No, gracias. Me preocupo por cada uno de ustedes, aunque algunos se han desviado del camino correcto. Hago el bien sin prejuicios tantas veces como sea necesario. ¿Y la pareja? ¿Cómo se llaman? (Mesías)

"Mi nombre es Beatrice Rosembar, soy hija de agricultores de la región de Poção. Me mudé a Recife debido a compromisos profesionales y escolares, estando aquí en esta maravillosa ciudad para dar un paseo con mi prometido. Querido pescador milagroso.

"Mi nombre es Robert Williams, y soy estadounidense. Hace once años, debido a problemas personales, me mudé a Brasil para construir una nueva vida. Hace aproximadamente un año, conocí a Beatriz, quien me encantó desde el primer momento. Apoyándose mutuamente. También es un honor conocerte, noble de ser.

"Es un honor para mí estar aquí. Como mi colega Angelus sabe, soy un hombre muy ocupado, con inmensas responsabilidades conmigo mismo y con los demás. Mi nombre es bondad, generosidad, justicia, misericordia, paz, comprensión y tolerancia. También aprovecho para estar a su lado y hablar un poco sobre asuntos de interés para nosotros.

"¡Creo que esto es muy importante, señor! (Ángelus)

"Realmente lo necesitamos. (Beatriz)

"¡Gran idea! (Roberto)

El camarero se acerca y sirve el pescado. Comienzan a comer y cuando el intruso finalmente se va, la conversación continúa normalmente.

"¿Cómo evalúas tu vida hasta hoy y tu relación con el creador? (Mesías)

"Nacido y criado en una familia rica, siempre tuve a mi disposición todo lo que el dinero puede proporcionar. Sin embargo, sentí un vacío dentro de mí como si faltara un pedazo de mi propia personalidad. Con la experiencia de la vida, me descubrí a mí mismo como actor y fascinado por las religiones. Apareció en mi vida una persona Wicca que me enseñó todo lo que sé. Contrariamente a lo que la gente piensa, no soy malo y soy muy temeroso de Dios. El mal está en el corazón humano y no en la elección religiosa y gracias a Dios mi corazón está limpio. (Ángelus)

"Nací en medio de dificultades, pero lo que mis padres siempre me han enseñado es que, si actúas bien, Dios te ayudará. Conocí el amor desde temprana edad y sus difíciles implicaciones me llevaron a dejarlo un poco a un lado. A finales de este año, mi padre se sorprendió al revelarme que mi bisabuela era Wicca. Esto es una cuestión de sangre y no puedo negar la inclinación en esta área. Sin embargo, mi educación católica ejerce influencia a pesar de no estar de acuerdo con algunas pautas de la Iglesia. Relata mi contacto con Dios, siempre traté de tener valores y creo que el espíritu me está dirigiendo al destino. Para mí, Dios es una fuerza muy superior que manda en el tablero, y nosotros somos sólo las piezas. (Beatriz)

"Al igual que mi amigo Angelus, también nací en una familia adinerada, somos dueños de una cadena de tiendas de comida rápida. Me casé muy temprano sin pensar demasiado, lo que resultó en felicidad temporal y más tarde decepción. No recomiendo a nadie que haga eso. Ahora me siento más preparado con un cuerpo y una mente maduros. Logré olvidar mis problemas y aquí conocí a gente maravillosa. Hoy estoy bien y en mi trabajo como socorrista. He salvado a muchas personas de la muerte. Confieso que no soy perfecto, pero ¿quién lo es? (Roberto)

"Los conozco hermanos y no los juzgo. Desearía que el mundo entero tuviera buenas obras como ustedes las tienen. La salvación está ante tu presencia todo el tiempo y creo que la dirección es correcta. Lo que significa exactamente que llegaré a la vida de cada uno de ustedes en lo más íntimo de su ser. No importa el pasado. Los errores cometidos son necesarios para que vengan los correctos. Incluso si la gran oscuridad los rodea y los arroja a un gran abismo, podré resucitarlos con mi palabra como lo hice con ese joven. ¡Cree en mi nombre y en el de mi padre!

"Estas palabras son un poco extrañas para un pescador. (Roberto)

"Tú hablando así me suena como el Jesús de la Biblia. (Beatriz)

"¿Quién sabe? (Ángelus)

"No tengas miedo. Solo ten en mí un gran amigo para todas las horas. No más etiquetas. No podemos ver grandes cosas, solo sentir. Disfrutemos el momento como único. Habla ahora de tus sueños. (Mesías solicitado)

"Mis principales objetivos son casarme y volver a mi tierra. Amo a Brasil, pero este país es un lugar de muchas contradicciones, injusticias y sufrimiento. (Reveló Robert)

"Quiero profundizar en el contexto religioso y enseñar a mis semejantes física, moral y espiritualmente. De todos modos, quiero rendirme a una fuerza mayor y llevar a cabo mi misión aquí en la tierra. (Ángelus)

"Quiero completar mis estudios, casarme, desarrollar mi don y mi lado místico, conocer un poco mejor el mundo. Que todo tendrá lugar según la voluntad de algo más grande y que no puedo entender. Todo tiene su propio tiempo y está escrito. (Beatriz)

"Estamos frente al padre en este momento y todo lo que se mencionó aquí no es desconocido para él. Estamos en una fase inicial. A lo largo de tu existencia, habrá fases transitorias cuyo objetivo general es el conocimiento. Importante en cada uno de ellos es reconocer los detalles entrelazados. Siguiendo el hilo de la madeja, es posible finalmente encontrar una salida a las confusiones internas inútiles. (Mesías)

"Encontrarte a ti mismo y ser feliz será la consecuencia. ¡Ojalá podamos hacerlo! (Ángelus)

"¡Amén! (Beatriz)

"¡Vamos a intentarlo! (Añadido Robert)

"¿Qué te duele y qué lástima al mundo? (Mesías)

"Lo que realmente me duele son las frustraciones amorosas, las personas que dejé atrás, los problemas financieros de mi familia y los animales que cuido que tuve que dejar con el vecino. Si tuviéramos empleos e ingresos porque si esto sucede como resultado, la pobreza, el crimen y la tristeza disminuirían mucho entre nosotros. (Beatriz)

"¿Quién no sufre, hermana? He sido rechazado varias veces por la gente del mundo y no he renunciado a eso. Tenemos que persistir. En relación con el pasado, todo está permitido y lo que es significativo puede llegar a tus manos. Recuerda que incluso puedes ganar el mundo, pero no puedes borrar u ocultar su origen e historia. Siempre serás la dulce chica de Poção. En cuanto al tema financiero, con un esfuerzo de tu parte, todo puede mejorar. Recuerda siempre que nada es justo, será suficiente para cumplir mis mandamientos. No te preocupes por los animales. Están siendo bien atendidos. Nunca abandono a los más pequeños. Hablando de la cuestión socioeconómica del mundo, creo que nada cambiará en relación con eso. Siempre habrá una separación entre ricos y pobres. Es el ser humano en su rostro más horrible. Es triste, pero es la realidad. (Mesías)

"Lo que me entristece sigue siendo la separación de mi esposa, mi familia y mi hijo. También extraño mi maravilloso país y todo lo que representa. El premio era conocer a Beatriz. Lo que me gustaría ver un cambio en el mundo es la forma en que las personas se tratan entre sí y un mundo más sincero y honesto. (Roberto)

"¡Viviste amigo mío! Siéntete feliz por ello. Nunca le prometí a nadie un mundo de flores, sino la fuerza necesaria para soportar cada pérdida. (Mesías)

"Lo que me duele mucho son los falsos prejuicios de quienes no me conocen. Debido a mi religión, he sido gravado por todo lo que es malo, y no tenía derecho a responder. Ser Wicca no es sinónimo de ser un criminal o un mago. En verdad hay una tendencia ligada a su potencial y a su relación con la naturaleza y lo divino. (Ángelus)

"No tienes que demostrarle nada a nadie. Son sus trabajos los que serán evaluados en el juicio. Es el derecho del ser humano conocer y elegir su inclinación. La religión es el lugar de fuego y azufre para el mérito de sus acciones. (Mesías)

"Bien recordado, maestro. (Ángelus)

"Si tuvieras la oportunidad de hablar con Jesús, ¿qué le dirías francamente? (Mesías)

"Yo diría que no miremos nuestros pecados, sino más bien nuestros esfuerzos para hacer el bien. (Ángelus)

"No pediría nada para mí. Pediría por todas las personas tristes, los no amados y los enfermos.

"Pediría proteger a mi familia, especialmente a mi hijo que ya debe ser un niño. Pediría una bendición para mi relación, así como fortaleza y salud para seguir trabajando.

"Muy bien. Prometo contarle todo tan pronto como lo encuentre. El tiempo apremia. Necesito irme. Fue un placer conocerte.

"¿Ya vas? Todavía es demasiado pronto. (Ángelus llorado)

"Te extrañaré. Voy a orar para verte de nuevo. (Beatriz)

"Estoy muy feliz de estar con ustedes esta vez. (Roberto)

"Lo haré, pero no por completo. Cuando te sientas solo, simplemente retírate interiormente y habla con Dios. Lo sabré. En la caja de un supermercado, un albañil atento o un bombero que te salvará en un momento difícil. Finalmente, estaré con ustedes hasta el fin del mundo. (Mesías)

Al mismo tiempo, terminan su comida y el extraño pescador se acercó besándolos y abrazándolos hasta que finalmente se alejó y desapareció entre la multitud. Con un poco de tiempo, el hechicero se puso en contacto nuevamente para aclarar:

"Este es un gran hombre. Definitivamente es el rey de reyes y señor de señores. Él es un pescador de almas y nos ama con un amor infinito que nunca entenderemos. No somos dignos de su presencia, ni siquiera que nos diga una palabra, sino que quería por su propia voluntad humillarse. ¡Bendito sea el rey del reino de Dios!

"¿Quién? ¿Jesús? ¿Este simple pescador? Pensé que solo estaba diciendo esas palabras.

"Sospechaba. De hecho, sabía todo el tiempo con quién estaba hablando. Simplemente no quería admitirme tal milagro a mí mismo. (Beatriz)

"Jesús está vivo y omnipotente, omnipresente y omnisciente. No hay fuerza ni poder delante de él porque él es el León de David.)

"Esta es definitivamente otra señal del camino. "Dos opuestos unidos por una causa común". Esperemos los próximos eventos. (Beatriz)

"Yo diría que reanuden la gira siendo agentes de la historia. Eso es lo que quieren ambos autores, el libro y la vida. (Roberto)

"Tienes razón. ¿Vamos a ser maestros? (Beatriz)

"Sí. (Ángelus)

El trío se levantó de la mesa, pagó el gasto y comenzó a caminar, despidiéndose de la playa. Las playas de Olinda eran grandes opciones de ocio debido a la belleza, la comodidad, las aguas tranquilas, la amabilidad de la gente y las buenas opciones en hoteles, restaurantes y tiendas de campaña. Salir de allí era cómo perder a un ser querido porque todo allí era alegría, felicidad, diversidad y armonía. De hecho, la experiencia fue realmente inolvidable y se recomienda un guion basado en los puntos mencionados a lo largo del libro.

Cruzando la playa de Carmo llegan a la playa de San Francisco donde continúan avanzando. En una despedida final, corren a la orilla y hacen un triple chapuzón. En la playa, pueden comunicarse con lo divino. Un momento mágico en el que eran solo niños y nada más importaba. El miedo, la vergüenza, las reglas morales, las mentiras, el pasado y el mal mismo quedaron atrás por un momento. Era imposible que reemplazara a la razón, y eran solo "Ellos mismos".

Dejando el mar y caminando unos metros más ya se están acercando al lugar donde dejaron el medio de transporte. Por lo que pudieron ver, todo estaba en paz y dan un suspiro de alivio.

casa del perro negro

Desde donde estaban, comienzan a caminar por las estrechas calles de Olinda con una disposición nunca antes vista. Fue la consagración de un viaje en un total de cuatro días. En esta trayectoria experimentó, vivió y respiró la cultura Pernambuco y nororiental tan poco publicitada en el extranjero y uno de los objetivos del libro fue cambiar esta realidad.

El responsable de todo esto en primer lugar fue Dios, Divino y ellos mismos que tuvieron un turno y voto en la inclinación y durante los acontecimientos. El libro estaba siendo preparado para ser nada menos que un éxito de ventas. Una cosa que habían aprendido de los maestros de la vida y de la experiencia misma era que la confianza y el optimismo tenían que ser herramientas ampliamente utilizadas en las actividades de cualquier proyecto o sueño. Seguirían adelante y sorprenderían a todos.

¡Me alegro de que lo iban a intentar! ¿Alguna vez has pensado qué pasaría si eligieran el lado opuesto? ¿Y cuántas veces el mundo ha caído carente de alguien firme y decidido a asumir la responsabilidad de sí mismo? Un ejemplo práctico es alguien que intenta romper el pozo e incluso cuando el agua es inminente, se rinde debido a los costos y pierde como resultado el agua tan deseada. No seas así. Nada de lo que puedan hacer con respecto al pasado, ni llorar por la leche derramada puede corregir los errores. Lo que se puede y se debe hacer es una acción correctiva consistente que produzca resultados concretos y eso es precisamente lo que hacen. Nada puede impedirles ser la fuerza del destino, avanzar en las fronteras, desenmascarar su vergüenza y miedo a ser felices. Esto estará impidiendo su éxito y el fantasma de la perversión perezosa. En el combate contra esto tenían el poder de la luz, la sangre Wicca que palpitaba en dos de ellos, el amor, la esperanza, la fe y el mapa.

Fue guiado por este último que el trío finalmente tiene éxito y llega al último punto. Es la Casa del Perro Negro, una residencia de estilo casa simple, estrecha y corta con cuatro ventanas laterales, una imponente puerta de entrada y un jardín contiguo. Tell la historia de que hace algún tiempo hubo un perro allí llamado Zeus que protegió la casa hasta el año 2012. En su lugar ahora hay otro perro más dócil. Hoy en día el espacio se utiliza para espectáculos y reuniones que reúnen a niños, jóvenes y adultos de todo tipo y edad. Cuando llegan allí, pasean por la casa conociendo los entornos en los que hay una exposición del artista Raoni Assis, que también es el residente de la casa. Está presente en este momento y da la bienvenida a todos los invitados muy bien. Están tan entretenidos como si estuvieran en casa, notan el paso del tiempo porque eso es lo que sucede cuando estamos ocupados.

¿Quién recuerda el momento en que Ángelus se despide de ellos allí mismo? La pareja vuelve a estar sola y como no tenían nada más que hacer, pasan el resto de la tarde en la diversión. Al final, se despiden después de documentar todo en fotos. Saliendo de allí, tienen acceso al coche y comienzan el viaje de regreso al hotel.

Final de la segunda parte

Lightning Source UK Ltd.
Milton Keynes UK
UKHW010931010922
408166UK00003B/189